幸せって平等ですか？
soy
Illustration
O嬢

堂本大夢
HIROMU DOUMOTO
岩渕 命
MIKOTO IWABUCHI
荒井千晴
CHIHARU ARAI

河上 葵
AOI KAWAKAMI
大熊実里
MISATO OHKUMA
鈴木博彦
HIROHIKO SUZUKI

これは試作品だから、
店にあったようなのとは違う。
気にしないで貰ってくれ。

幸せって平等ですか？

soy

Illustration O嬢

CONTENTS

イラスト：O嬢　装丁：Torroise Lounge　編集協力：パルプライド

プロローグ　ワイルド系イケメンとお見合い

私にとって恋愛とは実に理不尽な物。

向こうから好きだって言って来る男に限って、仕事でバタバタしている私に向かって『仕事と俺どっちが大事なんだ？』ってさっぶい事をほざき出す。

そういう時の私、岩渕命(いわぶちみこと)の答えは一緒だ。

「仕事に決まってるでしょ」

それだけで、速攻でフラレるのは解せない。

まあ、そんな事は序の口だ。

順調に行っていても私が料理を作ったら、それで終わり。

『私、料理は作れない人ですけど良いの？』

最初からそう言って、それでも良いって言った男としか付き合ってないのに、料理を作ったらフラレるって何なの？

「ああ、お前が作る料理は料理じゃねえ！　軍用兵器だ！　宇宙人が侵略してきたら丁重におもてなししてやれ！　一発で世界は救われるからな！」

これを言ったのは私の兄である。

ラリアットをくらわせてやったのは悪くないと思っている。後悔もない。たとえ少しは……いや……まあ、多少誇張された事実ではあっても。


「命！」

そんなある日、私は父親にいきなり土下座された。

何だろ？　居たたまれない。

「悪い！　見合いしてくれ！」

「見合い～」

二十九年の人生で、はじめてお見合いを勧められてしまった。

「断られると解ってる。けど、大事な取引先の人に頼まれてしまって断れないんだ！　頼むよ～」

「……何かその言い方、チョイチョイ鼻につくんだけど？」

「見合いの席はホテルだ。あそこの料理は旨いぞ～」

「行く！」

今の私のストレス発散は美味しい料理を食べる事。

見合いじゃなくてご飯食べに行くって考えれば、タダ飯ほど嬉しい事はない。

だからお見合いする事を了承した。

……うん、失敗！

目の前に座る男が格好よすぎる。

がつがつご飯食べてたら引かれる……。見合いの結果なんかどうでもいいけど、私だって好き好んでイケメンに呆れられたくはない。

「命さんのご趣味は？」

「仕事です」

目の前のイケメンの名前は河上葵（かわかみあおい）。

身長は一八〇越えで顔が小さくたれ目、お洒落なスーツが似合ってる。

ワイルド系とでも言うのだろうか？　無精髭と言うのは違うかな？　アゴにワイルドな髭がはえている。

それなのに清潔感がある。

謎だ！　イケメンミラクルか？

「仕事が趣味だなんて格好良いですね」

しかもなんだかこの男、女慣れしてる？　お見合い必要ないだろ！

ってか私なんかより女子力の高い彼女が居るに決まってる。

私と一緒で頼まれて仕方なく来たに決まってる。

なら料理を楽しもう、私は料理を食べに来たんだから。

「どんな仕事をしているんですか？」

「広告代理店のプランナーです。色んな物や人に関われて楽しいですよ……これ美味しい！　食べました？」

「……」

「私、食べるの大好きなんです」

「……じゃあ、作ったりとかも……」

「あ、最初に言っときますね。私が作る料理は軍用兵器らしいです。兄が言ってました。私は世の中のために料理は作りません！　興味ないでしょ、こんな女子力の低い女」

河上さんは驚いた顔をした後で言った。

「一切しないんですか？」

「私の得意料理はカップ麺です。あ、あと、ご飯？　研いで線まで水入れてスイッチをポチ、ですから」

「……」

「料理が出来る人って凄いですよね！　尊敬します」

河上さんは暫く黙って何やら考えてから言った。

「あの、命さんは食べ物の好き嫌いはありますか？」

「とくには」

「じゃあ、好きな食べ物は？」

「美味しい物なら何でも！」

河上さんはまた暫く黙ると、聞きづらそうに言った。

「命さんは、貴女が作った料理を俺が不味いからと言って鍋に戻して作り直したらどう思いますか？」

「神様だと思います」

「へ？」

「だから、私の料理は軍用兵器だって言ったじゃないですか？　軍用兵器を食べれる物に出来るなんて神の所行以外の何だって言うんですか？」

「普通は〝酷い〟とか〝悪魔だ〟とか言われるんですけどね……」

その後、河上さんは料理の話を沢山してくれた。

私も食べるのは好きだから話に花は咲いた。たぶん二度と会わないから私も気がねなく沢山喋ってしまった。

イケメンとの楽しい会話と美味しいご飯で幸せなひとときだった。

まさか、また会いたいって言われるなんて思ってなかったんだ！

第一章　デート

何でこうなった？

何故かまた目の前ではワイルド系イケメンの河上氏がニコニコしていた。

「何も言わずに食べてくれ」

高級料亭の個室で彼が出してきたのは無印で真っ白なケーキの箱。

中をのぞくとミルフィーユが五つ入っていた。

生クリームとイチゴが挟まるパイ生地が三層構造になっていて一番上には生クリームと大きなイチゴが載っている。

「綺麗！　断面が綺麗！　うわ～美味しそうなのに食べるのが勿体無いぐらい美しい～」

私はミルフィーユを一つ、彼が用意してくれていた紙皿に載せるとマジマジと眺めた。

そこで私はハッとした。

「どうした？」

河上さんは心配そうに私を見つめた。

「いや、こういう時の女子って結局〝食べるのが勿体無い～〟とか言ってガッツリ食べると思いま

せんか？　例にもれず私も食べちゃうんですけどね！　何か、定番の台詞を吐いてしまったな〜とか思って」

「ハハハ、そうだな。目の前でそんな事を言われたのはじめてだ」

今日の河上さんは何だかフレンドリーで話しやすい。

「いただきまーす」

私はミルフィーユの上のイチゴを先に食べてからミルフィーユを倒して一口サイズに切り分けようとフォークを刺しサクサクのパイ生地がパラパラと欠片（かけら）を落とすのを見つめた。

「あー、この欠片勿体無い。一口で食べられたら欠片すら落とさないのに」

「一口サイズ……欠片が勿体無い？」

「うわ！　美味しい〜！　生クリーム甘すぎなくてイチゴの酸味とマッチしてて美味しい〜！　これ、どこのミルフィーユですか？　買って帰りたい！」

「え？」

小さな沈黙が流れた。

「美味しいお店は教えたくない的な感じですか？」

「いや、違……」

「まあ、私もそういう店ありますから無理しなくて大丈夫です。でも、また買ってきて下さいね！お金払いますから」

河上さんは呆然と私を見つめた。

「……それ、俺が作ったんだ」

「へ？　……河上さんってパティシエでしたっけ？」

「いや、趣味で」

「凄い！　趣味でこのクオリティ？　貴方、天才ですね？」

河上さんは楽しそうに笑いだした。

「俺は命ちゃんの方が天才だと思う」

「〝ちゃん〟付けは恥ずかしいです」

「じゃあ、命」

「手慣れすぎじゃないですか？　可愛い彼女居るでしょ？」

「居ないよ……普通の女の子って理解し難い時とか多くてさ。ほら、さっきの〝食べるのが勿体無い～〟の話とかさ」

河上さんはケーキの箱から一つミルフィーユを出して素手で持ち上げるとパクッとミルフィーユに豪快にかぶりついた。

「残りは命が持って帰って良いよ」

「……ありがとうございます」

河上さんは口のはしについたクリームをペロリと舌で拭った。

無駄な色気を振りまかないでくれ。

「河上さんはモテるでしょう？」

「〝河上さん〟じゃない。葵だ」

「……言いませんよ」

河上さんはキョトンとした顔をした。

ワイルド系のキョトン！　ギャップ萌え？

「俺も命って呼んでるんだから良くない？」

「良くない。気になるなら私の事も苗字で呼んでください」

「厳しい……命が俺の事名前で呼んでくれるなら好きな時にミルフィーユ作ってやる」

「葵さんは卑怯です！　逆らえない！」

即、態度を変えた私を見て、葵さんはまた、楽しそうに笑った。

何でこの人は私との距離を縮めようとするのだろう？

「命さ、今度の金曜の夜、会おう」

「金曜ですか〜？」

「知り合いの居酒屋の鯛めしが旨いんだ」

「金曜ですね。七時でも大丈夫ですか？」

またもや私の態度が豹変したのは仕方が無いと思う。

「良いよ。じゃあ、スマホの番号とメアド教えて」

「……だから、手慣れすぎじゃないですか？」

「鯛めし諦めるか？」

「うぅ〜逆らえない〜！」

こうして私はまたもや葵さんと会う約束と、さらに連絡先の交換までしてしまったのだった。

俺にとって恋愛とは実に理不尽な物である。

向こうから寄って来るくせに、構わないとすぐに『ねぇ、私の事本当に好きなの？』とか言ってくる。

いやいや、お前から寄ってきたんだろ？　百年の恋も冷めるってもんだろ！

「なら、別れよう」

付き合うって言ったくせに酷いとか、悪魔だとか言いたい事言って罵ってヒステリックな姿にさらに冷めるのは許してほしい。

まあ、こんなのは序の口だ。

俺は料理を作るのも食べるのも好きだ。

女性ってのは何故自分の女子力ってやつをひけらかしたがるんだろうか？

「私が美味しい料理作ってあげるね！」

そう言って俺の家に上がり込み、俺の大事なキッチンを荒らす。

そうまでして作った料理が、旨いなら許せる。

だが、俺好みの料理を作り上げるやつはいまだに現れていない。

食べてみてアレとアレが足りないって解る。

鍋に戻して味付けし直して出したら殴られた。

「サイテー」

「え？　何がダメ？　美味しい方が良いだろ？」

俺は本音を言っただけなのに、グーで殴られるのは何か違うと思う。

こんな事が続き、俺は女性を家に上げなくなった。


「河上さん結婚は良いですよ～」

「はあ……そうですか……」

取引先の人に言われた。

新婚らしい。

「河上さんの好みのタイプは？」

「そうですね……料理が出来ない人かな？」

「え？　そんなんですか？　料理出来た方が良くないですか？　……一人知り合いに、料理が出来ないせいで娘が結婚出来ないって言っていた人が居ますよ。紹介しましょうか？」

面倒臭くて曖昧に答えたらバッチリセッティングされてしまい仕方なくお見合いに行った。

そこに来たのはダークブラウンのロングの髪の毛を毛先だけユルく巻いた綺麗な女性。

少し気の強そうな目元は化粧のせいかもしれない。


彼女、岩渕命は面白い女性だった。

大人な出来る女性の雰囲気なのに、料理を食べてる時は目をキラキラさせて可愛い。

自分がどれだけ料理下手かを力説し、料理が出来る人を尊敬しているらしい。

作る料理は軍用兵器だなんて言っていた。

彼女との話は楽しい。

流行りの服やブランドや香水などなどの話は全くしないで、どこのパスタが旨いとかあそこの裏に隠れた名店があるとか……食べ物の話題は尽きる事が無く、マジで楽しかった。

彼女ともっと話がしたい。

俺はその日から彼女の事をよく考えるようになった。


彼女を紹介してくれた人にもう一度彼女に会わせてほしいと頼んだ。


次に彼女に会った時、彼女は俺を胡散臭そうに見つめた。

結構ショックを受けている自分がいた。

だからか？　俺は食事の前に彼女に持ってきた手製のミルフィーユを食べるように言ってしまった。

作って持って来はしたが、渡すかどうか迷っていたのに、勢いで……。

ミルフィーユの箱を手渡した瞬間に後悔した。

男の俺が彼女のためにミルフィーユを作るなんて気持ち悪いと思われても仕方がない。

だが、彼女は物凄く喜んでくれた。

ミルフィーユを口に入れた彼女の幸せそうな蕩ける笑顔に何だかキュンとしてしまった。

しかも、俺が作ったって言っても彼女は引いたり気持ち悪がったりしなかった。

彼女ともっと親しくなりたい。

俺は〝命ちゃん〟と彼女を呼んでみた。

彼女に嫌がられたので、〝命〟と呼び捨てにすると手慣れすぎだと言われた。

そうかもしれない。

でも、彼女との次の約束を取り付けるためならチャラく見られても良いと思えた。

餌付けしたらなつかないかな？　次は何を作って持って行こうかな？　喜んでくれるだろうか？

彼女の美味しそうで更に幸せそうな顔がまた見たい。

俺は無理矢理取り付けた金曜の予定を考え、ニヤニヤしてしまうのであった。

鯛めし……いや金曜の件で葵さんからメールが来た。

『金曜日にデザートを用意しようと思うんだ、タルトとプリンどっちがいい？』

私は、はしゃいでタルトをお願いした。

食い意地がはっててごめん。

だって、この前のミルフィーユが滅茶苦茶美味しかったから……。


そして、金曜日。

約束した七時の三十分前。今、会社を出たら余裕で駅に着ける。

駅で待ち合わせって事になっている……のだが、仕事が終わっていない。

勿論、私の仕事は終わっている。

私と同じチームの、可愛くない後輩とやたら馴れ馴れしくて辟易する先輩の、尻拭い真っ最中だ。

「ちょっと休憩してきます」

葵さんに遅刻の連絡を入れようと席を立ったら、先輩の石山(いしやま)さんからブーイングが飛んできた。

「はぁ？　今？」

「これは先輩とコイツの仕事であって私の仕事じゃねえ！」

「……岩渕先輩愛してます」

今度は後輩の葉山(はやま)が泣き落とし。

「無能なヤツの愛なんかいらん!!」

二人にそう言い放って部屋を出た私は、休憩室の自販機の前から、葵さんに電話をかけた。

少しのコール音が終わり、彼が電話に出た。

「葵さん？」

『うん。どうした？　もう着いちゃったか？』

「いえ、仕事終わってなくて遅れそうです。ごめんなさい」

『そっか。俺は待つの嫌いじゃないし大丈夫だぞ』

おいおいイケメン、普通怒って良いんだぞ!!

今までの男はたいていここで『俺と仕事どっちが大事なわけ？』とか言ってきた。

まあ、葵さんとは付き合っているわけじゃないけど。

『ひで〜な〜、まあ、俺の事は気にすんな。頑張れよ。仕事大好きなんだろ？』

「葵さんがイケメンすぎて胡散臭い」

「仕事は大好きです。でも、鯛めし早く食べたい」

『ハハハ、鯛めしは逃げねえよ。じゃあな、終わったら電話しろよ』

私は電話が切れると葵さんは内面もイケメンだと一人で感動してしまった。

私は鯛めしに思いをはせながら、仕事に戻った。


役立たずの二人の尻を叩いて、何とか仕事を片付けた時には、時計は八時を指していた。

「岩渕、手伝ってくれてありがとうな！　じゃ、呑み行くか！　奢るぞ！」

「岩渕先輩、俺に奢らせて下さい!!」

いや、もうお前らの顔を見ていたくないと、ハッキリ言っても良いだろうか？

いや、会社に居づらくなるから駄目か？　今日はちゃんと別の言い訳があるし、それはまた別の機会にしよう。

「悪いけど、先約があるので」

「おいおいお前の先約なんかより、俺と呑み行く方を優先だろ？」

これが私の先輩だと思うとうんざりする。

「僕、美味しい立呑屋見つけたんですよね！　行きましょう！　酔ったら介抱しますから」

まさか、コイツ下心ありか？

マジうざい。

「お前、こないだ見合いしたんだって？　無駄な事して……料理教室通って食える料理作れるようになったら俺がもらってやるって言ってんだろ？」

マジうざい！　先輩だからって何を言っても良いと思ってやがるのか？

殴ろう……心の中でフルボッコだ。

私は二人を無視してロビーに向かった。

ロビーに着くと、何やら騒がしい。

何だ何だ？　と、野次馬根性丸だしで近寄ると秘書課の子達が誰かを取り囲むようにして、キャピキャピしていた。

その真ん中に居るのが、かなり顔をひきつらせた葵さんだと気づいて、私はフリーズした。

「彼女とか居るんですか？」

「収入はどれぐらいですか？」

「何をしに来たんですか？」

ヤバイ。助けないと……でも、割って入るの勇気いるんですけど……。

その時、葵さんと目が合った。

「命」

「葵さん……大丈夫ですか？」

葵さんは秘書課の群れから逃げると私に抱き付いてきた。

「肉食怖い」

「ひゃっ」

葵さんの無駄に低くて格好いい美声が耳元で聞こえて、びびって変な声が出た。

葵さんは私から離れると、私を見てクスクスと笑いだした。

「悪いのは葵さんだからね」

「ごめん。ごめんな！」

この人本当に悪いと思っているのだろうか？

「……あれ？　葵さん何で私の勤めてる会社知ってるの？　私、社名までは教えてませんでしたよね。いや、それよりお土産は？　何で手ぶらなの？」

見れば葵さんが手ぶらなのが解った。

私のタルトは？

「持って歩くのは気を使うから店に預けてきた」

「そっか！　早くご飯を食べに行きましょう!!」

「だな」

私達がその場を後にしようとすると、石山さんと葉山が立ちはだかった。

「お前は？」

「岩渕先輩誰なんですか？」

葵さんはキョトンとしてから言った。

「何時も俺の命がお世話になってます。俺は命の婚約者の河上葵と言います。これからも命を宜しくお願いします」

あまりの台詞に私は葵さんを見上げた。

「不満？」

「あ、いや、不満って言うか……婚約者？」

「見合いで上手くいったらそういう事だろ？」

そ、そうなの？　お付き合いをすっ飛ばして婚約者で良いの？

っていうかそもそも、私達が会っているのは、お見合いが上手くいったからなの？

「まあ今すぐには結婚しませんが、いずれするので宜しく！」

葵さんはニカッと笑うと私の肩を抱いて歩きだした。

私は何が何だか解らないまま、考えるのを放棄した。

今大事なのは鯛めしにタルトだよね？

誰かそうだと言ってくれないだろうか……。

葵さんが連れてきてくれたのは高級そうなお寿司屋さんだった。

初老の大将は強面だが、葵さんを見るとヘニャッと笑った。

「大将、鯛めしね」

「あいよ」

葵さんはゆっくりと腕時計を外した。

たしか、高級なお寿司屋さんのカウンターは一枚板で出来てるから、傷がつくのをお店側が嫌がる。

だからこそ、腕時計を外すのがマナーだってお父さんが言ってたっけ。

葵さんはマナーを身につけたスマートな人だ。

「飲み物は？」

「和食には日本酒ですよね！」

「良いね！　大将、おすすめを頼むよ」

「あいよ」

葵さんは常連客なのだろう。大将に絶対の信頼を置いているようだった。

「はい。日本酒と御通しのなめろう」

大将はなめろうと日本酒を瓶のまま私達の前に置き、銘柄を確認させると徳利に移し替えてくれ、そこからおちょこにお酌をしてから葵さんと乾杯する。

「お疲れ様です」

何故か葵さんに、ニカッと笑われた。

「お疲れっていいな」

葵さんはクイッとおちょこの中味を空けた。

私は一口お酒を口にしてから、なめろうを食べた。

「う〜!!　幸せ〜」

思わず小さく呟いてしまった。

隣に座る葵さんが、どれ？　って言って私のなめろうに箸をのばしたから、私はなめろうの小鉢を手で防御した。

「自分の食べて下さい」

「命のやつが美味しそう」

「じゃあ、この食べかけあげますから、そっちを私に下さい」

「嫌だ！」

「じゃあ、自分の食べなよ！」

私がそう言うと葵さんはハハハって笑った。

「何が可笑しい？」

「命とのやり取りが楽しい。もう何でも好きなの頼みな、ここは全部旨いから」

「そんな事言われても、お財布と相談しながらじゃないと給料日前はキツいです」

葵さんは笑うのを止めて怪訝そうな顔をした。

「奢られる気はないのかよ？」

「えっ!?　奢ってくれるなら遠慮なく食べます!!」

「いや、奢るけど……女って一緒に食事したら、男が奢ってくれるものだと思ってんじゃないの？」

「……嫌な女としか付き合ってませんね」

「だから別れるんだろ？」

ああ、よく女性不信にならなかったなこの人。

私がそんな事を思っていると、大将が最初の握りを出してくれた。

「河上様の奢りなら、おまかせで握らせていただきます」

「嬉しい！　マッハで食べますから次々どうぞ！　……旨い～幸せ～」

それから私は、次々にカウンターに供される握りを、出てきたそばから完食する。大将がニコッと笑った。

「お嬢さんは本当に美味しそうに食べますね」

「おい大将、命を餌付けしようとしないでくんないかな？　俺が今餌付けして、なついてもらおうと思ってるんだから」

勝手な事を言っているのであがりを一口含んだ後、私は素っ気なく言った。

「なつきませんよ？」

「なつかないのかよ？　……ここの玉子焼きも旨いぞ」

「食べたい！　大将お願い出来ます？」

「大将になつくな！」

大将はニコッと笑うとあいよって言って玉子焼きを作り始めた。

「命ひでーよ」

「今日はありがとうございました」

「へ？」

「会社で話しかけてきた男二人、私の先輩と後輩なんですけど……助かりました」

葵さんはニヤッと笑った。

「しつこく言い寄られていた？」

「料理が出来るようになったら付き合ってやるとか上から目線で、料理が出来ないなら料理教室通えとかムカつく！　女は料理出来て当然みたいなのがムカつく」

私も一気におちょこを空けた。

「しなくて良い。料理は俺がやるから、命は美味しそうに食べてくれれば良い」

その言葉は私を感動させるには十分だった。

つい目がウルウルしてしまう。

「え？　み、命？」

「ごめん、感動した」

「え？　泣くほどか？」

「うん。葵さんは存在しないと思っていた、私の料理スキルを否定しない系男子なんですね」

「……それ、表現方法が他に無かったのか疑問だ」

私が珍獣扱いしたのを悟られてしまったらしい。

「まあ、良いや。命が俺を気に入ってくれれば、な！」

「色んな女にそうやって言ってるんでしょ？」

「俺、口説かなくても女寄ってくるし」

「私も寄ってくるよ！　逃げてくけど……」

二人の間に沈黙が流れた。

「俺は逃げねえよ」

「どうだろうね？　期待してます」

「お、期待してるんだな！　よしよし」

葵さんが嬉しそうにお酒を飲む。

何だかくすぐったい気がする。

「はい。玉子焼き」

「わ〜……何てフワフワ……幸せ〜」

「嫉妬深い男は好きか？」

突然の質問に即答する。

「ウザイ」

「……だろうな」

さっきまでご機嫌だった葵さんが今度はブスッとしている。

「何？」

「何でもない」

「怒ってるくせに」

「怒ってない」

すると大将が笑って言った。

「怒ってるんじゃ無くて嫉妬してるんですよ。お嬢さん」

「大将！」

「嫉妬？　何で？」

葵さんは酒を飲み干すと言った。

「大将の料理旨そうに食いすぎ！」

「え？　ダメなの？　じゃあ、何で連れてきたの？」

葵さんは頭をかきむしった。

「お前が食ってるの見るのが好きだ」

「……ありがとう」

「でも、俺が作った料理を一番美味しそうに食べてほしい」

？

「じゃあ、何で連れてきたの？」

「……食ってるの見るのが好きだと思ったからだ」

「で？」

「……大将が羨ましい……この尋問まだ続くのか？」

項垂れた葵さんの頭を、撫で撫でしてみた。

「キュン死する」

「酔っぱらい」

何だこの男可愛い、見た目はいかつい系なのに、可愛い。

こっちがキュン死するっての。

「鯛めし出来ました」

「うわ〜」

大将が出してくれたのは尾頭付きの鯛が載った土鍋。

「ほぐして良いですか？」

「頼む」

目の前で鯛が解体され骨を外され、下のご飯と混ぜられてお茶碗に盛られ上に刻み生姜が載せられて私の前に出された。

「美味しそう!!」

「また、可愛い顔」

「おいおい酔っぱらい。面倒だな！」

「どうせ、酔っぱらいですよ〜」

私は葵さんを気にせず鯛めしを頬張った。

「大将！　天才です！　惚れそうです！」

「ありがとうございます」

大将はニコッと笑った。

「大将羨ましい！」

葵さんはそう言うとまた酒を飲み干した。

「葵さん、その辺にしときなよ！」

「やけ酒中です！」

「葵さん、私は今日タルトも楽しみにしてたんだからね。酔っぱらって私が食べてるの見れなくても知らないからね」

「……それは嫌だ」

「でしょ？　はい、鯛めし食べよ。葵さんが勧めるだけあって尋常じゃなく美味しいよ」

私がニコッと笑うと葵さんは渋々鯛めしを食べた。

「今度は俺が鯛めし作る。桜の塩漬け入れると旨いって聞いたから試す」

「楽しみ～」

「……」

葵さんは何故か私の頭を豪快に撫でた。

髪の毛がくしゃくしゃになったよ。

どうしてくれんのさ？　この頭。

「お嬢さんは強者ですね」

「へ？」

「あの河上様を手なずけている」

「あの？」

「河上様は、女性とは基本合わない方だと思っていました。だが、貴女は違うようですね」

私は葵さんの方を見た。

葵さんは私の髪を軽く摘まんで触っていた。

勝手に甘い雰囲気を出さないでくれ。

「……おかわり」

「あいよ」

大将はクスクス笑いながらおかわりを出してくれたのだった。

鯛めしを美味しくいただいてから葵さんを見るとヘニャッと笑われた。

この人本気で酔ってるよ。

「次は何にしますか？」

「あ～……デザート下さい。ちょっと張り切って鯛めし食べすぎちゃいました」

「あいよ」

大将が出してくれたのは苺がたっぷり載ったフルーツタルトだった。

苺が宝石のようにキラキラしている。

「綺麗～」

「だろ！」

笑顔の葵さんは大将が出してくれたフルーツタルトを受け取って手渡してくれた。

掌サイズのタルトが私のテンションを上げる。

「いただきます！」

「……どうだ？」

「〜〜〜」

言葉にならない！　ただ言える事は、私は葵さんの作るスイーツが好きだ！

「好き！」

「！」

「葵さんの作るスイーツ好きすぎる〜」

「……スイーツね……」

葵さんが項垂れてしまった。

「葵さん！　ありがとうございます。美味しいもの食べさせてくれて」

「俺の事は？」

「へ？」

「好きか？」

「……私達今日で会うのまだ三回目ですよ」

「三回目でも、俺は命が好きだ」

告白されたが寿司屋のカウンターでついでのようにだし、相手はいい感じに酔ってる。

これを真に受けちゃダメだって事ぐらいは私にも解るぞ。

「台詞が手慣れてる」

「こんな事はじめて言った」

「酔ってない時に言って下さい。そしたら少しは考えます」

「その返しの方が手慣れてる」

「酔っぱらいにからまれ慣れてますから」

葵さんは暫く私の顔を見つめると大将に向かって言った。

「しじみ汁とお茶」

水分コラボ。

「あいよ。今日はお嬢さんの勝ちですね」

「へ？」

「しじみ汁は酔いに効くんですよ。河上様は呑みすぎたって自覚したって事です」

葵さんがばつの悪そうな顔を私に見えないようにそらした。

こんなワイルドな見た目なのに可愛いな〜。

「そういう自分の非を認められる人は好きです」

私の言葉に葵さんはニカッと笑った。

「そのまま俺を好きになれよ」

「それはまた追い追い、懲りずにまた奢って下さい」

「次は俺が作る。食べてくれるか？」

「それは勿論！　葵さんの作るスイーツ以外の物も食べてみたい！」

葵さんは嬉しそうに笑いながら私の頭をグシャグシャにした。

これ、どうにかならないものかね？

食事の後はタクシーを拾い、家まで送ってもらった。

「今日は本当にご馳走さまでした」

「……お茶を一杯いかが？　とか言わないのか？」

「だから、今日で会うのまだ三回目の人を独り暮らしの家には上げません」

「……そうか。命のそういうところも好きだ」

「……酔っぱらい」

「酔ってなくても言うよ。命が好きだ」

酔っぱらいめ！　キュン死するだろうが！

「私、明日休日出勤なので早く寝ないとだからまた今度」

「またもや手慣れた台詞」

「恋愛関係でない人に、家の前まで送ってもらったのは、はじめてですよ」

葵さんは困ったように笑うと言った。

「また誘う」

「はい」

「明日の夜は暇か？」

「明日メールしてもらっていいですか？」

「……何で？」

「酔っぱらいは記憶を無くすのが常ですから」

「……解った。忘れないからな！」

私の笑顔を見ると、葵さんは渋々帰っていった。

はっきり言って楽しかった。だからって家に上げるほどではない……酔っぱらいだし。

私は家に入ると風呂に入って、化粧と疲れを落とした。


風呂からあがると、兄からメールが来ていた。

『スゲー男と見合いしたんだってな！　頑張れよ』

スゲー男って葵さんの事か？

気になって兄にメールを返すと、すぐに返事が来た。

『見合い相手の釣書も見てねえのかよ？』

渡された記憶もないが？

『有名なジュエリーデザイナーなんだろ？』

『そうなの？　ワイルド系イケメンで料理上手って事しか知らない』

兄からの最後のメールにはこんな事が書かれていた。

『嫁が男で良かったな』

おい、葵さんが嫁だって言いたいのか？　……否定出来ん。

あの人が嫁……ごめん、フリフリ白エプロンでお出迎え姿の葵さんを想像してしまった。

ワイルド系イケメンなのにちょっと似合うかも？
一人でお腹を抱えて笑ってしまったのは許してほしい。

第二章　特別な人

翌朝、スマホを見るとメールが届いていた。
『昨日は悪かった。今日は何時に終わる？　覚えてたら誘って良いんだったよな？』
私は、何だかフワフワした気分でメールを返した。
『何時に終わるか解らないので、終わったらメールします』
『解った。すぐ食えるように仕込んどく』
そのメールを見た私は思わずニマニマしてしまったのは秘密だ。

休日出勤を面倒だなんて思うのは何時以来だろう？
右横のデスクに座る石山さんに左横のデスクに座る葉山。
さっきから私の顔を見つめ続けている二人。
「いいかげん仕事しろ」
私の言葉にも動じない、私の仕事はあと一時間もすれば終わる。
コイツらの面倒は部長に頼まれているわけだが……正直知ったこっちゃない。

今日は自分の仕事が終わったら帰ろ。

「あの男、結婚詐欺しようとしてるに決まってる。岩渕、解るだろ？」

「父親の頼みでした見合いの相手が詐欺師なわけないでしょ？　先輩病院行ってきたらどうですか？」

少しの沈黙が流れた。

「じゃあ、岩渕先輩があの人を料理出来ます詐欺している！　とか」

「葉山、一発殴らせろ」

「ごめんなさい」

コイツら本当に失礼。

しかもコイツらの厄介なところは、失礼な上に仕事に集中しないカスどもなのに、無駄に顔が整っているところだ。そのせいで、実態を知らない会社の女子の、私への風当たりは強い。

その上、私が仕事を手伝ってやっているのに手柄はコイツらの物。

会社の女子の間では、コイツらは優良物件だと思われている。

私の仲間は部長だけ……部長は私の能力もコイツらの無能さも知っている。

『あえてコイツらを客寄せパンダにしてお前は陰からコイツらを操る。お前ならそれが出来る！　岩渕の評価は最高だ！　コイツらよりボーナス出ないなんてヘマを俺はしない！　だから、コイツらの面倒を見てやってくれ！　ちなみに、土曜は娘がバイオリンの発表会だから岩渕に全て任せる！　コイツらは殴っていい！　頑張れ！』

部長も殴って良いんだっけ？　って思ったのは秘密だ！

まあ兎に角……コイツらウザすぎ。

「岩渕が上手くいきっこない」

「そ、そうですよね！　岩渕先輩みたいな料理下手くそのダメ女子が、あんなイケメン無理ですよね！」

コイツらの息の根をどうやって止めてやろう？

私が殺意をキーボードにぶつけていると、私の天敵と言っても過言ではない女が現れた。

「あ〜れ〜石山先輩に葉山先輩だ〜休日出勤ですか〜？」

入社二年目の姫川結愛（ひめかわゆうな）。

私、この子苦手。だって今、私、透明人間。

彼女に私は見えていないらしい。

だって彼女の挨拶には、二人に挟まれて座る私の名前は含まれていないのだから。

「姫川も休日出勤か？」

石山さんは苦笑いを浮かべながら姫川結愛に話しかけた。

ああ嫌だ。仕事しない奴ばかりが集まってくる。

この姫川結愛って子は、仕事を覚える気すらないくせに、男には媚びる。

顔は中の中、それを化粧で中の上ぐらいにしている。

そのわりに自分が可愛いと思っている典型的な女子に嫌われる女子だ。

そして彼女は私の事が大嫌いみたい、何故って？　勿論私の横にいるポンコツブラザーズのせいだ。

コイツらと一緒に仕事してる私が目障りらしい。

私はコイツらの尻拭いさせられてるだけなの！　コイツらならノシ付けてプレゼント・フォー・ユーなのに……。

私は思わず深いため息をついてしまった。

「！　岩渕先輩居たんですね！　あ、あの私何か悪い事しちゃいましたか？　しちゃったなら謝ります〜」

姫川は私を悪者にしたいらしい。

「僕が言うのも何ですが、姫川さん、じゃあ謝りなよ」

「へ？　葉山先輩？」

「謝るんでしょ？」

葉山がドSな性格を隠すことなく笑顔で口を挟んできた。決して私のために謝罪を求めてるわけじゃなく、面白がってるだけだ。

「ああ、気にしなくていいよ。私そろそろ終わるし帰るから」

「「はぁ？」」

石山さんと葉山が同時にすっとんきょうな声を上げた。

私はパソコンの画面から視線を動かさなかった。

「あの男と会うのか？」

「そうですよ」

石山さんが立ち上がる。

「俺は認めてない!!」

「お前の許可が何故いる？　黙って仕事しろ！」

私の言葉に、石山さんがぐぬぬっと唸って座った。

「岩渕先輩には幸せになってほしいから……」

「葉山、ならマッハで仕事終わらせろ」

「いや、そうじゃなくて……」

「黙ってやれ」

「はい……」

聞こえよがしに姫川が「岩渕先輩怖〜い」って言っていたが、正解だから許す！

◆◆◆

終わった！　今日の業務終了！　……結局、平日並みの定時終わりだったな〜。

私は周りを無視して立ち上がりスマホを手に取った。

「岩渕先輩！」

「悪いけど今日は手伝うの無理だから……もしもし葵さん？　終わったので今から葵さんの家に行こうと思うんですけど、住所教えて下さい」

横の葉山が青くなったのが解った。

『近くに居るから迎えに行く。一緒に酒選んで帰ろうぜ』

「良いですね。じゃあ、会社の前で待ってます」

『ああ、待ってろ』

今、葵さんニカッて笑っただろうな、なんて思いながらスマホを切ると石山さんに肩を掴まれた。

「お前、男の部屋に行くって意味解ってんのか？」

「そうですよ！　考え直して下さい岩渕先輩！」

葉山もすがるような目で私を見る。

「別にご馳走してくれるだけだよ」

「「ヤル気に決まってる！」」

マジ何なのポンコツブラザーズは！

「解ってねーな～ご馳走の後のご馳走はお前だ、岩渕！」

ご馳走扱いしてくれるならありがたいんじゃ？　三年ぐらいしてないけど処女ってわけじゃないし。

まあ、葵さんにはいろんな女が寄ってくるわけだから不自由はしてなさそうだけど……。

それでも最低限の礼儀として勝負下着は穿いてきた。

気合い入りすぎだと言われないぐらいにしているのは、私の心の保険だ。

ギラついてるとも思われたくないし、必死だとも思われたくない。

そんな雰囲気にならないかも知れないし……葵さんは嫌いじゃない気がするし……展開が早すぎる気もするがお互い大人だし……準備しておくにこした事はないはずだ。

「で？」

「「で！　解ってない！」」

「石山さんと葉山は仲良しだよね……そのまま付き合っちゃいなよ」

「「気持ち悪い！」」

お似合いだと思うよポンコツブラザーズ。

「岩渕先輩デートなんですか～彼氏さん見たいです～紹介してください～」

いつの間にか現れた姫川の笑顔が狩人のようなのは気のせいか？

「ああ、紹介するような人では……」

「え～私そういうの気にしないんで大丈夫ですよ～」

何故か姫川の顔が嘲笑っているようでムカつく。

たぶん、私のデート相手ならレベルが低いと推定したみたいだ。

見せたくない……。

そこにメールが届いた。

『着いた』

私は荷物をまとめて言った。

「お疲れ」

「じゃあ、私もついて行こう〜」

「来なくて良いから」

私が拒否しても姫川はついて来た。


休日なのにロビーが騒がしいのは明らかに葵さんのせいだろう。

私が騒ぎの方へ行くと案の定葵さんが女性社員に囲まれていた。休出中の女性社員全員にロビー集合メールでも届いたんだろうかってくらいに。

「誰を待ってるんですか？」

「岩渕命だよ」

「はあ？　またあの人なの？」

「またって？」

良い話にはならなさそうだな。私はその群衆に向かって、聞こえよがしに声をかけた。

「葵さんお待たせしました」

「ああ、じゃ、彼女来たから」

葵さんは女性社員から逃げるように離れて私のところまで小走りで駆け寄ってきた。

「お疲れ」

「葵さんも何だかお疲れ様です」

私がそう言うと葵さんはニカッと笑った。

「そんなことより、酒は何が良い？」

「料理によります」

「イタリアン」

「肉？　魚？」

「魚」

「じゃあ、ワイン。白かロゼですね」

「シャンパンって手もあるぞ」

「葵さん天才ですね」

「だろう？」

葵さんは嬉しそうにニシシシシッと笑った。

「嘘、何で、河上葵様がここに……」

突然低い声が後ろからして、振り返ると姫川が私を睨（にら）んでいた。

怖っ！

彼女は気を取り直したように笑顔を作ると葵さんの前に立ち、首をかしげた。

「河上葵様ですよね！　ジュエリーブランド【gunjo】のデザイナーの！　前に雑誌で見てからファンなんです〜握手してください〜」

葵さんはニコッとよそ行きの笑顔を作ると握手した。

「私、岩渕先輩の後輩なんです！　お食事、私もご一緒したら駄目ですか？」

姫川はキラキラの可愛く見える笑顔を、葵さんに向けて放つ。

「悪いな！　俺、今日は命のハートをガッチリ掴む作戦だから邪魔しないでね」

「え？」

姫川はキラキラ笑顔が葵さんに効かなかった事が驚きなようだ。

「私は良いけど？」

「俺は嫌だ！」

冗談で言ったのに、葵さんの眉間にシワが寄る。

「冗談だよ」

「良かった。じゃあ、邪魔が入らないうちに帰るぞ」

姫川が般若のような顔をしていたが、私は姫川から視線をそらして葵さんに引っ張られるようにしてその場を後にした。


「……葵さんは本当に有名な人なんですね」

駅に向かいながら、私はポツリと言ってみた。

「あれ？　知らなかった？」

「はい」

「釣書に書いてあると思ったけど？」

「釣書の存在すら知らないんだけど」

「命の釣書にはスリーサイズまで載ってんのに」

「それ、今すぐ燃やして」

「嫌だよ」

葵さんはニタニタしている。

「葵さんの釣書はお父さんが持ってるのかな？　あとで取りに行こう」

「俺の釣書見たら俺に惚れちゃうぞ！」

「兄から有名なジュエリーデザイナーだって、昨日はじめて聞いたんですよ」

葵さんは少し困った顔をして私を見つめた。

何なんだ？

「でも、ちょっと納得したんです。だって葵さんの作るスイーツって宝石みたいにキラキラして綺麗で可愛いから」

「……で？」

「で？　って？」

「ネックレスがほしいとか指輪がほしいとか……」

私は思わず深いため息をついてしまった。

「どんだけ嫌な女とばかり付き合って来たんだか？　私は別に大丈夫です。気に入った物を自分で買いますから」

「……それはそれで寂しい気がするのは何故だ！」

私はクスクス笑った。

葵さんは珍しい物を見るように私を見ている。

「葵さんのデザインしたジュエリーは見てみたいかも？」

「見てくか？　近くに俺の作品が置いてあるショップがあるから」

「はい」

私は葵さんに手を掴まれ、そのまま近くのジュエリーショップまで連れていかれたのだった。

葵さんが連れてきてくれた店は本当に高級店でビビった。

「これが俺の作品」

そう言って指差されたショーケースには、藍色のベルベット生地の上でいくつものジュエリーがキラキラ輝いていた。

「綺麗〜」

「だろう？　ほしくなったか？」

葵さんの言葉に思わずうなずきそうになったが、値段が目に入ったとたん、心臓が飛び出るかと思った。

近くに居た店員が物凄い営業スマイルで近寄って来ようとしてる。

「いらない！」

「それは無いだろ？　傷付いたぞ!!」

「いや、そういう意味じゃなくて眺めるだけで十分です」

「何でだよ！」

値段にビビったとか言って良いのか？

「早く葵さんの料理食べたいな」

話をそらそうと、ちょっと苦しいと解っていたがお腹がすいた旨を伝えてみた。

「……何かエロいな」

「何でだよ！　気のせいです！　私は腹ペコだって言ってるの！」

「……はあ……酒買って帰ろう」

葵さんは諦めたように私の肩を抱くと店を後にした。


気になった白ワインとロゼワイン、それとロゼのシャンパンを買って、これまた月どれぐらい払っているのか解らないぐらいでかいマンションに案内された。

葵さん、金持ち。

「これはモテるわ……」

「う？　どうした？」

「女に不自由しないでしょ？」

「女に不自由を強いられてきた」

ああ、ギラギラ系の女性としか付き合ってないのか。

大変だな。

「部屋に連れ込むのだって簡単でしょ？」

「この家に入った女は命がはじめてだぞ」

「へ？　何で？」

「俺のオアシスのキッチンを荒らしやがるから、今の家に越してから女はあげてない」

「ああ、女子力を見せようとして失敗？」

葵さんはため息をついてから言った。

「失敗はしてない……らしい、俺からしたら大失敗な味だった……みんな」

「じゃあ、私はキッチンには入らなくて良いの？　後片付けぐらいならするよ」

「食洗機があるから運ぶだけで十分」

「あれ？　ここは天国ですか？」

「ハハハ」

葵さんは本当に嬉しそうに笑ってくれた。

私もつられて笑ってしまった。

「ようこそ、我が城へ」

「王子様気取りですか？」

「お殿様気取り！」

「ははー……バカ殿？」

「傷付いたぞ！」

「ご、ごめんね！　ついつい言っちゃった！」

私の苦笑いに葵さんは頭ポンポンで答えてくれた。

「飯にしよう。すぐに用意すっから座ってろ」

「はい！」


ハッキリ言って天は二物も三物もあたえる人にはあたえるんだよ。

目の前のワイルド系イケメンは、自ら腕を振るった白身魚のソテー、ジェノベーゼ風とやらを優雅に食べている。

私もゆっくりと白身魚を一口食べた。

「旨いか？」

「全部美味しい。……葵さんって苦手な事なんて無いんでしょ？」

「何だそりゃあ？」

「だって、何でもそつなくこなしそうだから」

「俺にだってあるぞ！　恋愛映画は確実に寝るし、キッチンを荒らされるのも苦手だし化粧や香水の臭いも嫌いだ」

「私も化粧してるよ。それじゃキスも出来ないね」

「……する気あるのかよ？」

「……今の無し」

葵さんはグラスに入ったシャンパンを一気に飲み干すと言った。

「そんな警戒するなよ。今すぐどうこうしようとか思ってないからよ！」

「……葵さん、呑みすぎないでね」

「……ああ、解ってる。命と居るとついついペース間違えちまうな」

葵さんは苦笑いを浮かべた。

「ちょっと水飲むか。命も居るか？」

「貰おうかな？」

「おう。待っとけ」

葵さんが水を用意してくれている間に白身魚を口に運ぶ。

何て美味しいんだ！　葵さんは良いお嫁さんになるよ。

私がそんな事を思っていたら、頭上から何か降りてきた。

見上げると葵さんが私の後ろに立ち、私の目の前にネックレスを下ろしていた。

「やる」

「え？」

「これは試作品だから、店にあったようなのとは違う。気にしないで貰ってくれ」

「……気になるよ」

「店に連れてかなきゃ良かったか？」

目の前で揺れるネックレスは藍色の石からシルバーの双葉が生えているようなデザインで可愛い。

「カイヤナイトは石自体はあまり高くないが、インスピレーションを高める効果がある。命の仕事なら良い効果だろう？」

葵さんはゆっくりと私の首にネックレスを着けてくれた。

「命にはデザインが子供っぽすぎるか？」

「……でも、好きだよ」

「……」

「私が見た葵さんの作品の中でもこれはとくに好きかも」

葵さんはふーと息を吐いて言った。

「俺の事を好きになれよ」

「好きだよ……たぶん……」

「たぶん、ね～。じゃあ、こないだ迎えに行った時にいた男二人と比べたら？」

「葵さんを愛してます！」

「……え？」

私は残りのシャンパンを飲み干した。

「あの二人と比べたら葵さんの事は大大大大好きですよ！」

葵さんはかなり驚いた顔だった。

「あの二人、結構イケメンだったと思ったんだけどな？」

「顔が良くてもあんなポンコツブラザーズ嫌ですよ！　今日だって葵さんの家に行くって言ったら、食われちゃうから行くなってうるさいし！　葵さんはそんな事しないって！　ねー！」

「……あれ？　俺、今釘刺された？」

「刺さりました？」

「刺さっちゃっただろう！」

何だか項垂れた葵さんに私は笑いかけた。

「ご飯食べたら帰らないと」

「泊まってけよ」

「へ？」

「安心しろ客間には鍵がついてるから。そんな事よりもっと命と話していたい」

おいおい！　キュン死しちゃうだろ！

「……手慣れた手段ですか？」

「はじめて使う手だ！」

葵さんはニカッと笑った。

ど、どうしよう？

葵さんはシャンパンを私のグラスについでくれ、私はそれを勢いよく飲み干した。

ええ、べろべろに酔ってしまったのは言うまでもない。

目が覚めると目の前に命のスッピンの顔。

やっぱり化粧を落とすと綺麗の中に可愛い感じが見える。

昨日の夜、命に酒を飲ませたら命は酔った。

「そんなべろべろじゃ帰れないな？」

「化粧……落とした〜い」

俺は仕方なくマンションの真横のコンビニでメイク落としシートを買ってきて命の化粧を落としてやった。

コンビニから帰ったら小さな寝息を立てて寝てしまっていた命の化粧を落とすのはかなり簡単だった。

可愛い顔にキスしたくなったが、許可もなくキスなんてしたら痴漢で訴えられたって仕方がない。

抱き上げて客間に移動し、ベッドに横たえると、命の寝顔をただただ見つめていたくて一緒にベッドに入った。

暫く見て、飽きたらこっそり離れれば良いか？　って思った。

何でだろう？　飽きない。

腕枕をしながら、顔にかかった前髪を軽くどけてやれば何故か嬉しそうにへにゃりと笑った。

ヤバイ、キュン死する。

思わず命の頭を撫でたのだが、命の髪の毛は柔らかくてフワフワでさわり心地が最高だ。

ついつい撫で続けた。

癒(いや)される。

ああ、命の首に俺の作ったネックレスがあるのが嬉しい。

命の肌の白さにカイヤナイトがよく似合っている。

カイヤナイトで指輪も作ろうかな？

これも良いけど、命にはもう少し大人なデザインの方が似合いそうだ。

指輪だけでなくバングルも一緒に作りたい。

命が俺の作った物を身に着けている喜び。

俺は幸せを噛み締めながら命の頭を撫で続けた。


気が付いたら寝ていたらしい。

俺が目覚めて暫くしてから命の目が開いた。

俺はとっさに寝たふりをした。

「……え？　……う～わ～整ってる～」

気配で命が俺を見つめているのが解る。

「……せっかくだから……」

命はゆっくりと俺の胸にすり寄った。

可愛い!!　何なんだ！　キュン死する！　つってんだろ！

俺は心のまま命を力一杯抱き締めた。

「ぎゃ！　く、苦……し……ぎ、ギブ！」

やりすぎた。

「悪い……はよ」

「おはようございます……一つ聞いて良い？」

「何だ？」

「ヤった？」

物凄い事を言われた。

「ヤって良かったのか？」

「……せめて記憶がある状態が望ましいけど……いい歳した男女が二人きりで会うってなったら万が一を考えるのが普通じゃない？」

「……今からでも間に合うか？」

「……お腹すいた」

「……なあ、今から」

「お腹が限界」

タイミングよく命の腹が鳴った……そんなのもう笑うしかないじゃねえかよ。

俺が爆笑すると命は顔を赤くした。

「笑いすぎ」

「ヒーヒー悪い！　マジウケる」

「もー早くご飯作っ……あれ？　私、化粧落としたっけ？」

「ああ、命が化粧落としたいって騒いだから俺が落としといた」

「……え？　じゃあ今スッピン？」

「ああ」

「ギャー！」

命は顔を両手で隠した。

化粧落としてもたいして変わらないと思うのに命は嫌らしい。

「恥ずかしすぎる」

「あんまり変わんないし、むしろスッピンの方が俺が渡したネックレスが似合う」

命は更に顔を真っ赤にして俯いた。

「キュン死」

「それは俺の台詞だろう？」

ゆっくりと両手を離す命と思わず見つめ合う。

これはいけるかも！

勝手にキスを決意して顔を近付ける。

唇が触れそうな距離になった瞬間、再び命のお腹がグ〜〜〜ッと間抜けな音を出した。

思わず起き上がって笑うと命も起き上がり、俺の背中をバシバシ叩いた。

「直ぐに朝飯作るよ」

「恥ずかしい」

「可愛いのに」

「馬鹿にしてるでしょ？」

「してるように見えるか？」

「見える！」

「……おかしいな〜上手く隠せてると思ったのに……」

命はまた俺の背中をバシバシ叩いて来たが、俺はそんな命が可愛くて頭を撫で回してからキッチンに向かった。

今朝の朝飯はベーコンとチーズのホットサンドにオニオンスープにゴマドレッシングのフレッシュサラダだ。

ちゃちゃっと作れるものばかりだが喜ぶだろうか？

たまに、朝御飯は野菜ジュースだけとかアサイーボールしか食わないとかチアシード入れて良いなんて言いやがるやつが居るけど命は違うといいな。

「どうだ？」

「美味しい！　葵さんは良いお嫁さんになるね」

「婿にくるか？」

「フリフリエプロン着てくれる？」

「キモッ！」

命は楽しそうにクスクス笑い、一口一口食べる度にニコニコしながら口をもごもごさせて、小動物みたいで餌付け心をくすぐる。

見れば命の皿が空になったところだった。

「おかわりあるぞ」

「いや、流石に食べすぎかな」

「じゃあ、運動するか？」

「……引く」

「泣いちゃうぞ、こら！　一晩中キスするのすら我慢したんだぞ！」

「葵さん紳士！　また一つ好きになっちゃった！」

「……くそ～、まんまと掌の上で踊らされてるじゃねえか……」

俺が頭を抱えると命は真剣な顔を作って言った。

「こんな私ですが、良かったら葵さんの彼女にしてくれませんか？」

予想外の台詞に俺は顔に熱が集まるのが解った。

命が俺のものに？　嬉しすぎて何を言えば良いか解らなくなった。

「駄目？　面倒臭い？」

「見れば解んだろ？」

「真っ赤だよ」

「それが答えじゃね？」

「恥ずかしい？」

「嬉しいだろ？　……マジで大事にする」

命は安心したように、へにゃりと笑った。

その笑顔に、俺は命を一生大事にするって心に誓ったのは命の知り得ない事だろう。

第三章　親友と家族

どうやら私の中で河上葵という人は特別らしい。

何故だか彼は私を甘やかそうとする。

今まで付き合ってきた男は、私に甘えたがるやつばかりだったから葵さんの甘やかしたがりをどうしたら良いのか解らなくなる。

勿論、嬉しいから困るんだけど。


「……で、新しい男はどんな男なの？」

「ワイルド系イケメン」

「写真は？」

「え？　持ってないけど……いる？」

「恋する女なら待ち受けにそのイケメンを設定するぐらいするんじゃないの？」

この遠慮を知らない女性は、私の親友で大熊実里（おおくまみさと）という。

同じ会社の同期で、入社前の研修から意気投合したまま現在に至るという仲。

彼女はＯＬ街道まっしぐらで仕事の出来る格好いい女だ。

長年付き合っている彼氏は、可愛い系のＳ男らしい。

この話はいいや。

今はお昼休みの社員食堂。

私は実里に、彼氏が出来た事を報告中だ。

「待ち受けに？　それはそれでキモくない？」

「うん。キモい。でも見たいし！　イケメン」

「実里の彼氏だってイケメンじゃん」

「一緒に居てもたまに二人そろって男にナンパされるけど、それってどうよ？　レズカップルだと思われちゃうなんて何時もの事だし、女装させたら私より可愛いのはイケメンか？」

「解らん！」

「だろ？　だから写真見せろ」

何だか解らないが写真を見せなきゃいけないらしい。

「電話して送ってもらって、今、すぐ！」

「あ、はい……」

拒否権の無い命令に私はスマホを取り出した。

少しのコールの後、慌てた感じに葵さんが電話に出た。

『モシモシ、どうした？』

「あ、いや、葵さんの写真がほしいんですけど……」

『……解った今送るから待ってろ』

葵さんはそう言うと電話を切った。

暫く待つ間につけ蕎麦を啜る。

「続きそう？」

「……葵さんはいままでの男と違いそうだから、続いてほしい……」

実里にニヤニヤされて気まずい。

そのとき、着信音が響いた。

写メが届いたようなのでメールを開いて私はフリーズした。

葵さんから届いた画像は、上半身裸で頭にはタオル、腰にもバスタオルが巻かれているモノだった。

何故だ！　ワイルドが、更にワイルド！

「どれ？　……ワイルド～」

「腹筋割れてる。この人何者だよ」

「お前の彼氏だろ？」

「あ、うん。そう」

私はとりあえず、葵さんに電話をかけた。

『モシモシ？』

「何でセミヌードなんですか？」

『今風呂上がり』

「……」

『待ち受けにして良いぞ』

「しないから、これ待ち受けにしたら流石に恥ずかしいから！　下手したら欲求不満だと思われるから……」

『後で俺にも命の写メ送れよ。眺めてニヤニヤするから』

「キモい！」

『傷付いたぞ！』

「つい黙ってられなかった！」

『送って来ないなら次に会った時に俺が撮る』

「ああ、じゃあそれで」

『エロい写メ撮ってやる』

「無理！」

葵さんはケラケラ笑いながら電話を切った。

何だか言っちゃいけない事を言ったらしい。

「このワイルドに抱かれたわけだ」

「抱き締められて終わり」

「はあ？　何で？」

「お腹が鳴っちゃって」

「……お前の食いしん坊も大概にしろよ」

私もそう思うよ。

「でもこれは良い男ね。仕事は？」

「ジュエリーデザイナー……【gunjo】って知ってる？」

「知らない女が居るの？」

「そ、そんなに有名？」

「自然をモチーフにした細工の細かいアクセサリーはどんな装いにも合うって人気でしょ？　どこその王女様も御用達だとか？　噂だけどね。で？　……え？　【gunjo】のデザイナー？」

「……そう」

「安く売ってもらえるように言っといて」

「嫌だよ！　ジュエリーデザイナーだから好きになったんじゃないもん！」

実里はニヤニヤしながら言った。

「じゃあ、どこを好きになったの？」

「料理上手なとこ！」

「……お前……まあ、頑張れ」

実里は私のスマホを手に取ると葵さんの画像をマジマジと見つめた。

他人の彼氏のセミヌードをマジマジ見るのは良いのか？　いや、葵さんは見られても恥ずかしがらなそうか？

「良い体だな」

「……うん」

あの朝起きた時、思わずすり寄ってしまったぐらいだ。

あの日の葵さんの朝御飯美味しかったな〜。

「大熊先輩、何見てるんですか〜？」

姫川が突然現れて、実里の手の中の私のスマホをのぞきこんだ。

「え？　……私のスマホに送ってください！」

「いや、お前誰だよ！　どっか行け」

ちなみに実里は姫川が嫌い、だから直ぐに私にスマホを返して言った。

「まあ、良いんじゃん。幸せにしてもらって」

「あ、うん。幸せにしてもらってます」

「うわ！　ノロケた！　命がノロケた！　珍し〜」

「やめろ！　恥ずかしくなってきた！」

「いやいや、可愛いね〜」

実里はそう言ってカレーうどんを啜った。

私の方に汁を飛ばすのをよせと言いたいのは、当然の事だろう。

今日はＮＯ残業デーの金曜日だ！

残業しちゃいけない日である。

勿論私の仕事は終わり、ポンコツブラザーズのフォローも済んでいる。

今日はこの後デートだ。

「岩渕先輩！」

帰り支度をまとめる私に、葉山が唐突に声をかける。

「何？　葉山」

「僕は岩渕先輩が好きです！　僕と付き合ってください！」

何こいつ？　いきなり何を言いだすのだ？

いや、ポンコツはポンコツなりに考えているのか？　だって会社の皆がいるこの状況で私が逃げないように壁を作っているとも考えられる……だが、逃げられないのはコイツも一緒だ。

「無理だよ！　私、葉山の事一瞬も男として見た事ないから！　これからも見るつもりないし！　今彼氏居るし！　ラブラブだし！　だからゴメンね！」

私の即答に葉山の顔色はみるみる悪くなったが、傷心の葉山を慰めて我が物にしようと考える女子達があっという間に取り囲んだから大丈夫だろう。

「皆の前で振る事なくね？」

ポンコツブラザーズ兄の石山さんが葉山を見つめながら私に向かって呟いた。

「だって、葉山と石山さんの事は一瞬も男として見た事ないんですもん」

「おい！　葉山のついでに俺まで振るんじゃねえよ！」

石山先輩が叫んでいる間に電話がきた。

勿論、葵さんからだ。

「モシモシ葵さん？」

『迎えに行って良いか？　出先が近かったから今近くに居るんだ』

「私も今終わったところです。直ぐ準備します」

『急がなくて良いぞ』

「急ぎますよ。葵さんは一人でいると肉食獣に囲まれちゃうでしょ？」

『……』

「待ってて下さい」

『解った』

私は電話を切ると石山さんに手を振った。

「じゃあ、彼氏とデートなので帰ります」

「料理出来ない女なんてすぐフラれるだろ！　別れたら俺が慰めてやる」

「フラれたら実里に慰めてもらうので必要ないです。お疲れでーす！」

私はそれだけ言ってその場を後にした。

今日は葵さんが来る前に準備が出来た。

五分ほど会社の前で待っていると、葵さんが来たのが解った。

二つ気になる事があった。

一つは葵さんがスーツ姿だという事。

お見合いの時も思ったが格好いい！

もう一つは葵さんの腕にしがみついた十歳ぐらいの女の子。

……か、隠し子？

「命！　悪い待たせた！」

いやいや、待たせた事より子供の説明しろよ！

「あ、葵さんの子供ですか？」

「いや、ダチに頼まれて……二時間だけ預かってくれって言われて……すまん」

「お名前は？」

可愛い女の子は私の顔をのぞきこむと言った。

「アオちゃんの彼女って聞いたけど……」

「命っていいます。よろしく」

「名前、荒井千晴（あらいちはる）。ミコちゃんって呼んでもいい？」

千晴ちゃんはちょっと茶色がかったふわふわの髪の毛を肩ぐらいまでのばしていてくりくりの大きな目が可愛い。

今のズボン姿も可愛いが、フリフリのスカートがよく似合いそうだ。

「やっべマジ可愛い！　良いよ良いよ！　ミコちゃんって呼んで！　葵さんの子供じゃないの〜。

葵さんと結婚したらチーちゃん付いてこないの？」

葵さんは驚いた顔の後言った。

「チーが見た目可愛いのは解るけど……命……」

千晴ちゃんは葵さんから離れると私に抱きついた。

「ミコちゃん好き、チーと結婚しよ」

「へ？」

「チー！　命は俺のだから駄目！　離れなさい！」

「ミコちゃんは柔らかくて良い匂いがする」

葵さんは千晴ちゃんの脇に手を入れて私から引き剥がした。

「俺のだって言ってんだろ！　命のオッパイプニプニして良いのは俺だけなんだよ！」

「許可した覚えが無いけど？」

「駄目なのかよ？」

「……」

千晴ちゃんはニコッと笑った。

「アオちゃん！　お腹すいた！　天ぷら食べたい」

「天ぷらって……命も天ぷらで良いか？」

「何でも美味しく食べられます！」

「最高な返事だな。チーうちで食べるのと外で食うのどっちが良い？」

「ミコちゃんが作るの？」

私は即答した。

「私は絶対作らないよ！」

「そうなの？　僕ミコちゃんの料理食べてみたい」

「死ねるよ」

「へ？」

意味がわからず目をパチクリさせる千晴ちゃんに、取りつくろうように私は続けた。

「葵さんが美味しい物作ってくれるよ！」

「……お外で食べる」

葵さんはニカッと笑った。

「おう、天ぷらの旨い店な！」

葵さんが手を離すと千晴ちゃんは私の腕にしがみついた。

「こらチー！　離れなさい」

「葵さん大丈夫だよ」

「俺以外の男が命に触るのが嫌なんだ！」

……えっ!?　俺以外の男……!?

「って事は千晴ちゃんじゃなくて、千晴君って事？」

「ああ、やっぱり命も騙されたか。チーはこう見えても立派な小学生男子だ！」

こんなに可愛いのに？

可愛い系男子って最近は結構居るんだな〜。

「兎に角離れろ！」

ムキになって引きはがそうとする葵さんを押しとどめるように、私は千晴君のしがみついていない方の手を葵さんの腕にからめた。

「私もお腹すいちゃった！　それに子供相手に嫉妬〜？」

「悪いかよ！　くそ」

「嬉しいよ！」

「また掌の上でコロコロする気だな！」

「違うよ！　普通に嬉しかっただけ。それより、さあ、天ぷら天ぷら」

ここで騒いでいても仕方ないし、私は両手に花状態で歩きだした。

早くご飯を食べないと、今度は私のお腹が騒ぎだしそうだったのは秘密だ。

「じゃあ、次エビ～！」

「チーお前さっきからエビしか食ってねえじゃねえか！　椎茸も食え」

天ぷら屋さんのカウンターに、千晴君をはさんで三人で陣取った。その並びに当然葵さんはゴネたが、私は頑としてゆずらなかった。子供を端に座らせないのは、大人としての矜持(きょうじ)だ。

「嫌だよ！　椎茸嫌い！」

天ぷら屋さんが高級で気が引けている私を尻目に、慣れた感じに注文をする葵さんと千晴君。

食べないなら椎茸は私に下さい。

「千晴君、サツマイモとかカボチャとかは？」

「好き！　ミコちゃんも好き！」

さらっと言われた一言にキュンキュンしてしまう！

「私も千晴君好きだよ」

「チーか、チーちゃんって呼んでよ！　お願い！」

ヤバイこれはキュン死する！　鼻血出てないよね！　萌え萌えだよ～！

「命、俺は？」

「何が？」

「……」

葵さんが項垂れると千晴君が葵さんの背中をポンポンしてあげていた。

「葵さん！」

「何だよ」

「ねえ、お願いがあるんだけど……あの〜」

「？」

「あのね、キス」

「！」

「キスの天ぷら頼んで」

「魚かよ〜！」

「こんな店で騒がないでよ！」

私がオタオタしているのを天ぷらを揚げてくれていた店員さんに笑われてしまったのは葵さんのせいだ。

「怖がらなくても直接言っていただいて大丈夫ですよ」

「す、すみません……じゃあ、キスと獅子唐下さい」

「かしこまりました」

流石、高級店！　店員さんにまで品がある!!

私は嬉しくなってニコニコした。

「アオちゃん……ミコちゃんが浮気してるよ」

「あいつは美味しいものをくれる奴には誰にでもあんな可愛い顔するんだ！」

「？」

「無自覚だよ！」

「アイツの質の悪いところは無自覚なところだ！」

私は気にせず出されたキスと獅子唐に粗塩をちょっと付けて食べた。

「美味しい〜！　葵さん連れてきてくれてありがとう！」

とりあえずお礼を言っておく。

二人は暫く黙る。

最初に口を開いたのは千晴君だった。

「ミコちゃんは幸せそうに食べるね」

「食べ物をあたえたくなるだろ」

「うん……解る」

葵さんは私にニカッと笑ってみせた。

その時私のバッグの中からスマホのバイブ音が響いた。

とりあえず無視したかったが、得意先からだとまずい。

仕方なくスマホを取り出すと、画面には〝部長〟の文字。

ため息をつくと私は葵さんに断ってから電話に出た。

『岩渕君！　助けて！　あの、あれ、あれどこ？』

「いったん落ち着きましょう。何の話ですか？」

『書類、あの、あの、』

「………………部長は明日出張でしたよね？　……Ａ、Ｂ、Ｃ、Ｘの順に場所を言います。Ａ〝部長の三番目の引き出し〟、Ｂ〝石山さんのデスクの赤いファイルの中〟、Ｃ〝葉山のデスクの青いファイル〟、Ｘのファイルは私が個人的にまとめたファイルなので、私のパソコンのアイコンの部長用って書いてあるファイルの中です。明日の出張に必要なのは以上のはずです。ちなみに全てまとめた物を石山さんにも渡しましたよ」

『石山が居ない！　あいつ殺す！　マジで血ぃ吐くまで殴る！』

「……落ち着いてください。殴って良いです許します。ついでに葉山も殴っといて下さい」

『ああ、皆の前で告白されたんだって？　付き合うのか？』

「私がどれだけポンコツブラザーズに迷惑かけられているか解ったうえで言ってんなら私が部長を殴ります。勿論血ぃ吐くまで」

『ご、ごめんなさい……あ、全部見つかりました』

「おみやげは牛タンで良いですよ」

『俺が行くの仙台じゃないぞ？』

「知ってます。牛タン買ってきてください」

『……取り寄せます』

「よかろう。では、行ってらっしゃい」

『……行ってきます……もう一つ頼みたい事があるんだけど……』

「娘さんの誕生日のプレゼントリストは部長の机の一番上の引き出しの中です。いい加減自分で選んでください」

『自分で選んでボロクソに怒られたから岩渕君に頼んでるんだ！』

「威張るな！」

『はい……』

「健闘を祈ります」

私はそれだけ言って電話を切った。

振り返ると葵さんと目が合った。

「牛タン取り寄せてもらえる事になったので調理は葵さんに頼みます」

葵さんは複雑そうな顔をしてから言った。

「命の仕事はどこまでするんだ？」

「ポンコツの尻拭いから、部長の補佐？」

葵さんは悩みはじめてしまった。

少し心配そうな顔の千晴君が聞きづらそうに言った。

「ミコちゃんは部長さんの娘さんの誕生日プレゼントも決めてあげるの？」

「ああ、違うよ。娘さんがほしいもののリストを私にメールしてくるの。私に預けるとほしいものがもらえるって部長の携帯勝手に見てメールしてくるようになったんだよね。頭の良い子だよね」

千晴君も葵さんも黙ってしまったから、私は次にカボチャとサツマイモとイカを頼んだ。

最近では部長の奥さんまでほしいものリストや、喧嘩のフォローを頼むメールを送って来る。

自分達でどうにかしろって思うけど、ついついかまってしまうのが私の悪いところだ。

「ミコちゃんって世話好き」

「私のはお節介じゃないかな？」

「いや、世話やきだろ？」

そんな話をしていたら、今度は葵さんのスマホが鳴った。

「お、チー、パパだぞ」

「パパとか言わないし」

「モシモシ、幸治（ゆきはる）？　……はぁ？　駄目だ無理だ！　迎えに来い！　……俺今日デートだって言ってんだろ？」

葵さんの話す内容からして千晴君のお迎えは来そうにない。

「本命の彼女とのデートの時に僕を預かったりするからこうなるんだよ。親父とおふくろがアオちゃんに僕預けて二時間で帰ってきた事ないじゃん！　ミコちゃんって今日はアオちゃんの家泊まる？　一緒にお風呂入って一緒に寝よ」

「おら！　チー！　何の約束してんだ！　させるわけないだろ！」

「あれ？　聞いてたの？　僕子供だよ！」

「ふざけんな！」

「アオちゃんのケチ」

「十二歳は立派な男だ！　命に寄るな！」

「ケチ！」

葵さんは色々イライラしているらしい。

ってか千晴君、十二歳に見えない。

〝前へならえ〟する時に一番前でえっへんするんじゃないだろうか？

「ミコちゃんダメ？」

「ダメだよ！」

「チェー、でもミコちゃん大好きだよ」

「ありがとう」

葵さんはまだ千晴君のお父さんと電話している。

「ミコちゃんはアオちゃんの何処が好き？」

「お料理上手なところ」

「ミコちゃんって食いしん坊だよね」

「……うん」

「まあ、良いや！　僕はミコちゃんの味方になってあげる。だから今日は大人しく客間で寝るから
アオちゃんと一緒にイチャイチャ寝て良いよ」

〝マセガキ〟って言葉が浮かんでしまったのは仕方ない事だと思う。

「イチャイチャ寝ないよ」

「イチャイチャ寝ないの？」

「寝ないよ！」

「寝ないのかよ！」

最後に葵さんに突っ込まれた！

「いやいや、二人っきりじゃないのにイチャイチャなんて出来ないでしょ？」

「二人っきりでもイチャイチャしてくれねーじゃねーかよ！」

「……そうかも？」

千晴君の眉毛が下がる。

「アオちゃん、何かゴメン」

「チーのせいじゃない……幸治は後でシメる……くそ～」

どうやら今日は確実にイチャイチャ出来ない事が解ったのか、葵さんは頭を抱えて項垂れたのだった。

◆◆◆

葵さんはきっと子煩悩なタイプだと思う。

千晴君のお迎えが来ないと解ってからは千晴君のお父さんのように甲斐甲斐しく構っている。

「ほら、ハミガキしてこい」

「するよパパ～」

「俺はお前のパパじゃない」

「だって親父よりパパっぽい」

「それは喜んで良いのか？」

「じゃあ、私はママかな？」

「ミコちゃんは……食いしん坊」

「……うん、合ってる」

千晴君は可愛く笑った。

癒される。

「一緒に歯磨きしよっか！」

「うん！」

千晴君と手を繋いで洗面所に行こうとしたら葵さんに手を叩き落とされた。

「チーとばっかイチャイチャすんなよ～！」

「もうアオちゃんは我が儘（わがまま）だな～」

「子供みたいな事言っても可愛くないですよ」

「一回泣いて良いか？　俺は今日、命とイチャイチャするつもりだったんだよ！　なのに命はチーとばっかり……」

私が困った顔をすると千晴君はニコッと笑って言った。

「僕歯磨きしてくるからイチャイチャしてて良いよ！　それか僕早めに寝るから一緒にお風呂入ってきたら？」

待て、マセガキ！　変な事言うな！

「命！」

「葵さん期待するな！　チーちゃん黙れ」

「「はい」」

二人がしょぼんとしてしまったがどうでもいい。

その後千晴君が歯磨きに行ったのを見届けてから葵さんの顔をのぞきこんだ。

「何だよ」

完璧に拗ねているが、歯磨きがどれぐらいで終わるか解らないのにイチャイチャなんて出来ないだろ？　って言ってやりたい。

「次のデートは何時にしますか？」

「明日」

「明日……着替え取りに帰ってもいい？」

「……命は……俺の事好きか？」

「好きじゃなかったら、ここに居ないとは思わない？」

「……」

「好きだよ」

「ああああああ～マジで好きだ！　何で今日チーが居るんだよ！」

あんたが預かって来たんだろうが……。

見れば千晴君が戻ってきたところだった。

「アオちゃん何叫んでるの？　怖いんだけど」

「チー、一回抱き締めてもいいか？」

「嫌だよ気持ち悪い」

「お前をじゃねえよ！　命に決まってんだろ！」

「何で僕が居ない間にしとかないの？」

「お前が戻ってくるのが早かったんだろ！」

「歯磨きの時間なんてたかが知れてるでしょ？」

千晴君、もっともです。

「ミコちゃんもアオちゃんが可哀想だからチューぐらいしてあげなよ！」

チューですか？　お子様が居るのにですか？

「そうだそうだ！」

チューって何だっけ？

ネズミのマネでもしたら……ドン引きされるか……。

「殴られたくなかったら黙れ」

とりあえず脅してみたら、二人はシュンとしてしまった。

私は仕方なく二人のほっぺにキスをした。

「ミコちゃん好き！」

「何でチーにまでするんだよ！」

「わ、若いピチピチのお肌が……つらい」

「ミコちゃんもピチピチだよ！」

「十代の肌を持つ子にピチピチって……無理がありすぎる〜」

千晴君は苦笑いを浮かべてから思い付いたように私のほっぺを両手で挟むように覆うと言った。

「ミコちゃんの肌はモチモチで美味しそうだよ！」

「……ありがとう！　納得は出来ないけどチーちゃんの優しさに萌えた！」

「だから！　何でチーとイチャイチャすんだよ〜！」

葵さんゴメン二人の世界に入っちゃってたよ！

三人でテレビを見ていたら千晴君がアクビをした。時計を見ると十二時近くなっている。

「眠くなっちゃった？」

「うん」

「じゃあ、寝よっか？」

「うん」

「葵さんチーちゃんと客間に行ってきますね」

「一緒に寝るなよ」

「大丈夫ですよ」

私は千晴君を客間に連れていった。

「ミコちゃん、アオちゃんとイチャイチャしてあげてね」

「しないよ」

「駄目だよ。アオちゃん可哀想」

「大丈夫、チーちゃんが帰ったらいっぱいイチャイチャするから」

「……僕気にしないのに」

私は暫く黙ると言った。

「本当は私ね、葵さんとまだまともにキスもした事がないの」

「え？」

「だから、はじめては二人っきりの時が良いな」

「……アオちゃん何やってるの？」

「う～ん。私の事大事にしてくれてるの」

「……ミコちゃんはそこが好きなんだね」

「馬鹿みたいに嫉妬してくれたのが嬉しかったなんて恥ずかしくて言えないよね」

思わず苦笑いを浮かべてしまった。

千晴君は天使のような笑顔を浮かべると言った。

「アオちゃんの部屋はお仕事に集中出来るように防音だからイチャイチャして大丈夫だよ。お休みなさい」

千晴君はそう言って客間に入っていってしまった。

防音？

それでも流石に気まずいよ！

私は葵さんが待つリビングに向かいながらモンモンとした気持ちになったのは言うまでもない。

千晴君を客間に送ってリビングに戻ると葵さんに抱き締められた。

「ち、ちょっと千晴君居るんだよ！」

「抱き締めるぐらいなんだよ！　チーの両親なんかチーの目の前でベロチューだって躊躇わずにするぞ」

「それは葵さんが止めなよ」

「止められる類いの人種じゃねえ」

千晴君の両親ってどんな人種だよ？　ラテン系とか？

「兎に角離して」

「……」

「葵さん？」

「……今日の俺はどうかしてるな……すまん」

葵さんはゆっくりと私から離れた。

「風呂入ってこい。俺はチーと入ったから」

「うん……葵さん」

「うん？」

「大好きだよ」

「……何で今言うんだよ」

「葵さんを素敵な人だと思ったから」

「……俺がどれだけ我慢してっか解ってんのか？」

「大好き、え〜と、お風呂入ってくる」

「俺も一緒に入っていいか？」

「目ん玉えぐり出すよ」

「はい。すみません」

私はクスクス笑ってお風呂場に向かった。

お風呂から出て頭をふきながらリビングに行くと、葵さんがブルーベリージャムのたっぷり載ったチーズケーキを切ってくれていた。

「千晴君寝ちゃったのに今から食べるの？」

「腹一杯のチーの目の前で食ったら可哀想だろ？　チーには明日やる……って命……」

顔を私の方に向けると葵さんはフリーズしてしまった。

「どうしたの？」

「ヤバイ色っぽい」

「あ、葵さんが着ろって用意してくれたんでしょ？」

私の今の格好は葵さんの灰色のＴシャツに葵さんの未使用ボクサーパンツなのだが、葵さんのＴシャツはでかくて良い。

「パジャマにするからこのＴシャツちょうだい」

「それやるから、別の白Ｔシャツ着てみてくれないか？」

「白は、透けるから嫌だ」

「だから良いんだろ！」

「チーズケーキちょうだい」

「お前、もらうばっかりで返そうって気はないのか？」

私は葵さんのほっぺにキスをした。

葵さんは暫く黙ると小さく呟いた。

「……俺はどれだけちょろいんだ？」

「駄目だった？」

「残念ながら駄目じゃない。だが、出来るなら口にしてくれないか？」

「また今度ね」

「くっそ〜」

「チーズケーキちょうだい」

葵さんはチーズケーキを切ってくれた。

私はそれを受け取るとフォークをチーズケーキに刺して口に運んだ。

「幸せ〜！」

「紅茶とシャンパンどっちがいい？」

「シャンパン！」

「はいよ」

葵さんがシャンパンを取りにいっている間にパクパクとチーズケーキを口に運んだ。

「食いしん坊」

「そうです。おかわり」

「はいはいジャージのズボン穿くか？」

「大丈夫だよ」

「俺が大丈夫じゃない。生足ヤバイ」

「あんまり自信ないから見ないで」

「いや、十分すぎるぐらい俺好み」

「ズボンもちょうだい」

「……」

「自分で言ったんじゃん！」

葵さんは頭を抱えた。

「勿体無い気がする～！」

「だから、自分で言ったんじゃん！」

葵さんは渋々ジャージのズボンを取りに行ってくれた。

戻ってきた葵さんは真剣に言った。

「ズボン穿く前に一回触らせろ」

「ド変態」

「男なら普通だ！」

「威張られても……」

「少しだけ、頼む」

頼まれても……。

私は葵さんをソファーに座らせると横に座り葵さんの手を掴んで太股に乗せてみた。

葵さんはマジマジと私を見つめると太股を撫でた。

くすぐったい。

「もういい？」

「触るんじゃなかった」

「触りたいって言ったのそっちじゃん！」

「もっと触りたい。命の全部を触りたい」

「!!」

「脚だけじゃ足りない」

葵さんはそう言うと私をソファーに押し倒した。

「命、好きだ」

葵さんの顔が近づいて来た。

葵さんの鼻が私の鼻に触れる。

これはキスしちゃうな。

漠然とそう思って目を閉じた。

その時、リビングのドアが開く気配がした。

「アオちゃんごめんトイレットペーパーどこ？」

千晴君が目をこすりながら、そう言ってリビングに入ってきた。

「……チー、空気読めよ」

「うん。ごめん、トイレットペーパーどこ？」

「…………今出すから待ってろ」

「うん。ごめん」

葵さんは気まずそうに私から離れるとトイレットペーパーを取りにリビングを出ていった。

私もかなり気まずいよ。

「ミコちゃんもごめんなさい」

「あ、謝られる事じゃ……」

「……ミコちゃ～ん」

千晴君は寝ぼけているのか私に抱きついてきた。

可愛い。

千晴君のふわふわな髪の毛を撫でると千晴君は私に向かってエンジェルスマイルをくりだした。

私の萌え心にクリティカルヒットだ。

「おい、何イチャイチャしてんだよ」

葵さんがトイレットペーパー片手に眉間にシワを寄せていた。

「ミコちゃんのおっぱいフワフワで良い匂い」

「風呂あがりだからじゃ」

葵さんに視線をうつすと血管が浮き出そうなほどの怒り顔だった。

「……俺もまともに触ってないのに……」

「葵さん！　千晴君は子供なんだから」

「十二歳は子供じゃねえ！　チー、命から離れ～ろ～」

私は思わず笑ってしまった。

葵さんは私から千晴君を引き剥がすと、寝ぼけたままの千晴君をお姫様抱っこした。

な、何だかお似合いだ。

お姫様抱っこ良いな〜。女なら一生に一度は憧れる物の一つだよね。

「トイレ行って寝ろ」

「トイレットペーパー」

「あるから、ほら行くぞ」

お姫様抱っこでトイレに連れていくってなかなかシュールだ。

子供だからこそだろ。

私は葵さんが帰ってくる前に持ってきてもらったズボンを穿いた。

千晴君を寝かしつけて戻ってきた葵さんが私の脚にズボンが装着されているのを見て項垂れたのは言うまでもない。

目が覚めると葵さんに抱き締められていた。
昨日葵さんのところに泊まったんだった。
葵さんの腕の中は落ち着く。
折角だからもっと近寄りたい。

葵さんの胸にすり寄る。

「マジで勘弁してくれ」

「ふぇ？」

「俺も命の胸にスリスリしていいか？」

「ごめん、寝ぼけちゃった。おはよう」

「……」

「お腹すいちゃった」

「食いしん坊め今何か作る」

私は、葵さんが起き上がったのと一緒に起き上がると手を広げた。

キョトンとした葵さんに首を傾げて言った。

「ギュッてする？」

「……する」

葵さんは私の腰に手を回して私の胸に頭を乗せた。

「うわ……ヤバイ」

「？」

私はゆっくり葵さんの頭を撫でた。

「ヤバイ……」

「嫌なら離れるよ」

「嫌なわけないだろ？」

「じゃあ何？」

「いや、俺の息子が爆発しそう」

「……聞きたくなかったんだけど」

「仕方ないだろ！　朝だし、好きな女にこんな事されたら息子が大暴れでも」

「聞きたくないってば！」

「このまま押し倒して良いか？」

「駄目に決まってるじゃん！」

「……」

「千晴君居るし、お腹鳴る」

「チーが居なかったら？」

「……」

「やっぱり幸治殺す」

「幸治……さんって千晴君のお父さん？」

「そう、昨日急にチーを預かってほしいって頼まれた。二時間だけとか言ってたくせに」

「ふ～ん」

「チーもチーだよ。人間不信気味なのに、命にはすぐなつくし俺より命とイチャイチャするし」

もしかして拗ねてる？

「葵さんとはこれからいっぱいイチャイチャするんじゃないの？　千晴君とはたまにしか会えないんだよね？」

「そうだけど……命の全てが俺のものなら良いのに」

「何それ？」

「……俺ヤバイな……普通に冷静になったわ……息子も落ち着くレベルで自分に引いた……」

私は、深いため息をついた葵さんの頭を撫で撫でした。


昨日着ていた服に着替えてメイクをしてからリビングに向かうと葵さんが朝ごはんにオムレツとコーンスープ、ハムと野菜が沢山挟まったベーグルを出してくれた。

朝ごはんが出来上がって暫くして、千晴君も起きてきて私の隣に座った。

「チー、ブルーベリーのチーズケーキもあるけどどうする？」

「チーズケーキとカフェオレ」

「了解」

結局、二人は仲良しだ。

「ミコちゃん！　アオちゃんとイチャイチャ出来た？」

「それなりにね」

「良かった。ミコちゃんが嫌じゃなかったら、僕ともまた遊んでくれる？」

「勿論だよ！」

「えへへ」

チーズケーキとカフェオレを持った葵さんは複雑そうな顔で言った。

「たまにな！　毎週来るとか勘弁しろよ」

「解ってるよパパ～」

「パパじゃねえ！」

「パパ～私にもカフェオレ！」

「……命にパパって言われるのは何かグッとくる」

「変態～」

「おい！」

何だか楽しくて笑ってしまった。

そして、その後は三人で朝食を食べた。

食後には葵さんがアールグレイの紅茶を出してくれて三人でマッタリした時間を過ごした。

そこにインターホンの音が響いた。

「幸治かな？」

千晴君のお父さん！　見たい！

葵さんが玄関に向かうと千晴君は私の腕にしがみついて言った。

「ミコちゃんとアオちゃんが結婚したら僕嬉しいな。ミコちゃんって今までアオちゃんの周りにいた女の人とは何だか全然違うし、アオちゃんの反応も全然違うんだ。アオちゃん僕を預かった時って、女の人と会う約束してても止めちゃうのが当たり前だったんだよ」

千晴君は照れたように笑った。

「アオちゃんが約束を断らないぐらい一緒に居たい人がミコちゃんだよ。だからアオちゃんを幸せにしてあげて」

「……私の方が幸せにしてもらってるんだけどな」

「アオちゃんの料理美味しいもんね！」

「馬鹿にしてる？」

「ミコちゃん食いしん坊だもんね！」

否定出来ないのが悲しい。

そんな話をしていたら葵さんがイケメンを連れてリビングに戻ってきた。

「チー、また命とイチャイチャしてやがるな！」

「ミコちゃん大好き！」

「離れろ！」

「はじめまして、千晴の父の荒井幸治と言います。この度は息子がご迷惑をおかけして申し訳ございません」

礼儀正しい人来た〜！

う？　いや、何か見た事あるかも？　どこだっけ？

「あ！　sati さんですか？」

「!?　……自分を知っているんですか？」

sati こと〝サチ〟さんは伝説のメイクアップアーティストと呼ばれている人で、私の勤める広告代理店では有名人だ！

サチさんにメイクを担当してもらえたらどんな服でも靴でもアクセサリーでも売れると評判だからだ。

「あ、あの！　握手してもらって良いですか！」

「命！　お前、俺のブランドは知らないのに幸治は知ってんのかよ？」

「うちの会社でサチさんを知らない人は居ないの！　サチさんの弟子の千恵子さんとは仕事した事あるけどまだサチさんのオファーは通ったためしがない！」

「……じゃあ、君は千恵子に気に入られてるんだね」

「へ？」

サチさんの言葉に私がキョトンとすると、千晴君が言った。

「おふくろは気に入った相手を親父に会わせるのが嫌なんだ！　親父に惚れちゃったら嫌いにならないといけなくなるからって！　だから、おふくろの仕事相手で親父と仕事した事ない人は、おふくろに気に入られてるって事」

私は暫く黙って今の情報を整理する。そして叫んだ。

「千恵子さんがチーちゃんのママ！　ってかサチさんの奥さん！　……言われてみればチーちゃんの髪質は千恵子さんと一緒かも……千恵子さんに三つ編みさせてもらった事あるけど千恵子さんも

髪の毛フワフワだもんね」

その場に居た全員が黙ったが何だろう？

「命はチエの髪の毛触ったんだ」

「へ？　千恵子さんは会うと撫でて〜って抱きついてくるけど？」

葵さんの言葉に首を傾げると、更に皆が黙ってしまった。

そこにまたインターホンが鳴った。

「チエだな」

葵さんが玄関まで千恵子さんを迎えに行った。

葵さんが戻ってきた時千恵子さんと目が合った。

「！　ミコ様〜何でこんなとこに居るの〜？　運命？　運命だよ〜！　ギュッてして撫で撫でして〜!!」

千恵子さんは何時ものように私に抱きついた。

この人、本当に可愛い。

私は思わずギュッと抱き締め返して頭を撫でた。

「チエ！　命とイチャイチャすんなこのやろう！　何時もだったら頭触られんの嫌がるくせに命に撫で撫でされやがって！」

「ちょっと！　アオさんみたいな女遊び激しい人はミコ様に近寄んないでよ！」

「人聞き悪い事を命に吹き込むんじゃねえ！　嫌われたらどうしてくれんだ！」

千恵子さんは私を葵さんから庇うように背中を向けた。

「命は俺の彼女だ」

「はぁ？　殺すわよ」

「もう嫌だ。幸治、早く連れて帰ってく……」

葵さんの視線の先に膝をついて項垂れるサチさんの姿があった。

「おふくろ、親父が絶望してるよ。慰めなくて良いの？」

「ミコ様を守る方が大事」

千恵子さんの言葉にサチさんがうずくまってしまった。

大の男が小さなマルのように……。

「千恵子さん、葵さんの言ってる事は本当なんだよ。付き合い始めたの葵さんと」

千恵子さんは絶望的な顔をした。

「嫌だよミコ様！　ミコ様にはもっと良い男が居るに決まってるよ！」

「うん、そうかも知れないけど、葵さんが良いって思っちゃったんだよ。私から告白したのにやっぱり無しには出来ないよ。千恵子さんが私のためを考えてくれて滅茶苦茶嬉しかったよ！　ありがとう！」

千恵子さんは少し目をうるうるさせて葵さんの方を見ると冷たく言った。

「ミコ様泣かしたら風呂場で溺死させるから」

「地味にリアルで恐えよ！」

「千恵子さん大丈夫！　たぶん泣かすのは私の方だと思うし！」

「アオさんならガンガン泣かして良いよ！　私が許す！」

「本気で嫌だ！　そこの親子マジで帰れ！」

葵さんの悲痛な叫びも虚しく、三人は帰ろうとしなかった。


私、今両手に花です。

右から千晴君、左からは千恵子さんが私の腕にしがみついているのです。

「人質を解放し速やかに帰れよ！」

「だってミコ様とプライベートで遊べるチャンスなんだよ！　私たちの事務所の中でもミコ様と仲良くなれたら成功するって有名なんだから！」

「チエは今すぐ幸治をどうにかしろ！」

見れば部屋の隅っこにサチさんが体育座りしていじけている。

「幸治がウザイ！　何時もはところ構わずチエとイチャイチャしててウザイが今日は更にウザイ！」

私は千恵子さんに笑顔を向けた。

「びっくりしましたよ。千恵子さんが何時も言ってるラブラブの旦那様がサチさんだったなんて！」

「結構有名なんだけどな！　サッちゃんとミコ様は会わせたくなかったんだけどな」

「……私、サチさんに憧れてましたけど恋愛感情とかはないですからね！　むしろ千恵子さんの話してくれる旦那様の話が全部サチさんがやってくれていた事だと解って、そんな感情持つなんて馬鹿げてるって思いますよ！　しかも！　こんな可愛い子供までいるなんて！　千恵子さんの幸せを私にもわけてくださいね！」

「うん！　ちょっとサッちゃん慰めて来るね！」

「はい！」

何故か葵さんが私の前にカラメルのたっぷり乗ったプリンを差し出した。

私は躊躇う事なくスプーンを手にとりプリンを口に運んだ。

市販のプリンと違ってカラメルの苦味が大人味のプリンだ！

「このカラメル好き〜」

「命の笑顔に癒される」

葵さんはかなりグッタリしていた。

「疲れた時は甘いものだよ！　葵さんはい！　アーン」

葵さんは私が差し出したプリンをがぶっと食べた。

「癒される〜」

「だよね！　甘いもの癒されるよね！」

「バカ、命に癒されてんだろ？」

「ミコちゃん、僕も！」

「あ、はい！　アーン」

「……苦い」

「こら！　だから何でチーにもやるんだよ！　俺の萌えとキュンを返せ！」

葵さんは眉間にシワを寄せて不満そうだ。

私はクスクス笑って言った。

「葵さんのプリンで幸せな気持ちになったからおすそわけだよ！　皆で幸せになった方が良いと思ったの！」

「……クソ！　可愛い」

「解る〜。アオちゃん口の中が苦いよ〜、チーズケーキ残ってないの？」

「命にお土産に渡す分しかない！」

「あるって事じゃん！　ちょっとだけで良いからちょうだいよ‼」

「葵さん！」

「俺は命に食ってほしくて作ってんだよ！」

「僕も食べたい！」

私が密かにキュンとしてしまった事を葵さんは知らないだろう。

「葵さん、チーズケーキ出してあげて！　ほら、手伝うから！」

私は葵さんの背中を押してキッチンに向かった。

「命」

「葵さんありがとう！　私のために色々作ってくれて。大好き」

「……いや、その」

「葵さんが私に食べてほしいから作ってるって言ってくれてキュンとしちゃった！」

「俺は今キュンキュンしてるんだけど、あいつら早く帰らないかな〜」

葵さんは機嫌が良くなったみたいだ。

葵さんはチーズケーキを切り分けてくれた。

ちゃんと人数分になるようにしてくれたのが嬉しかった。

キッチンから戻ってきたらサチさんの機嫌も直っていて皆でチーズケーキを食べる事になった。

「何か少ない」

「ご、ごめんね！　私が結構食べちゃってて」

「ミコ様のためなら大丈夫です！」

うん。千恵子さんになつかれている。

……ただいま私、気まずいんです。

何故って？　それはね……千恵子さんが今サチさんの膝の上に抱えられてるからだよ。

葵さんも千晴君も慣れっこみたいで気にしていない。

私は気になるよ！　凄く！

しかも、千恵子さんがサチさんにアーンしてあげてる……膝の上に乗ったまま。

気まずいです！

「おふくろ、ミコちゃんの動揺が半端ない」

「ミコ様、私達は空気だと思ってね！」

「……千恵子さん……そんな存在感を主張した空気は無いよ〜」

葵さんは私にダージリンの紅茶を出しながら言った。

「コイツらは何時もこれだから自分が空気だと思う方が楽だぞ」

「う、うん」

私は空気、私は空気……チーズケーキやっぱり旨い！

「命は順応性が高いよな」

「いろんな物や人と関わる仕事だしね」

「仕事ってか命の性格のせいだろ？」

「そうかな？　……チーズケーキもプリンも美味しい。葵さんありがとう」

「今言うなよ」

「へ？　何で？」

「押し倒せない」

「じゃあ、今のタイミングバッチリじゃん！」

「泣いて良いか？」

この後、夕方まで皆で遊び夕飯を葵さんにご馳走になって帰った。

帰りぎわ葵さんに何故帰るのかと聞かれたけど、明日は実里と出掛ける約束をしている。

葵さんの項垂れた姿にキュンキュンしてしまっている事を、葵さんは知らないだろう。

第四章　邪魔者と想い

実里とショッピングデート中です。

実里のセンスは最高で最強で、私はマネキンになります。

だって実里にまかせておけば私の好みの服を完璧に選んでくれて、私のクローゼットと勝手に相談してくれてもいるので買った方が良い物といらないものを見極めてもらえるんです。

実里とのショッピングは楽しい！

失敗しないから。

「実里～、お腹すいた」

「……さっき昼飯食べたろ？」

「お腹と脚が休憩したいと言っている」

「……解った。あそこのカフェで休憩」

「わ～い」

実里の背中を押してカフェに入り、私はカフェオレとパンケーキを、実里はホット珈琲をブラックで飲んでいる。

似合うな～、格好良い。

「で？　ワイルドさんとはどうだった？」

「どうって？」

「ヤったんでしょ？」

「……」

「ワイルドさん良い体してたしさ」

「ごめんまだ」

「何で？」

「じ、実は……」

一昨日と昨日の話をしたら実里に殴られた。

「ワイルドさんが可哀想だろ……解った。この後はワイルドさんのために勝負下着を買いにいこう」

「いる？」

「いるに決まってるだろ？　ドン引きするぐらいヤラシイ下着を買おう」

「……私が着るんだよね？」

「私はエロ下着持ってるし」

「…………持ってるんだ……」

「その年で無い方が珍しい」

「そ、そうなんですか？　……それ、私が着るんだよね？」

「着ろ！」

「はい……すみません」

その時食べたパンケーキの味はよく解らなかった。


「実里さん！　無理ッス！　これは無理ッス！」

実里のセンスは信じているが透け透けの紫の下着は私のレベルが追い付かないよ！

「相手はセクシーな、ワイルドイケメンなんでしょ。これぐらい攻めないと」

「いや、無理ッス！　攻めすぎて逃げられそうです実里様！」

「バカ」

「バカで良いです。許して下さい」

「じゃあ、せめてこっち」

実里が手渡したのは紫とは違い地味な黒の透け透け下着だった。

紫よりも透け透け感も低い。

これならまだ良いかな？

私はその時、実里が罠を仕掛けようとしていたなんて気が付いていなかったのである。


家に帰ると葵さんから電話が来た。

「もしもし？」

『今良いか？』

「うん大丈夫」

『今日、楽しかったか？』

「……まあ、それなりに……買い物してご飯食べて映画観て帰ってきたよ。葵さんはどんな映画が好き？　恋愛映画は苦手って言ってたでしょ？　好きなのは？」

『アクション……電話なんてするんじゃなかったな』

「何で？　……嬉しかったのに」

『会いたくなるだろ』

キュン死する～！　葵さんは私を殺そうとしてる。

「葵さん、今のは卑怯です」

『何でだよ』

「……好き」

『…………あああ～、キュン死する～』

葵さん、それはこっちの台詞だ。

『命、今週末会おう』

「うん」

『旨い物作る』

「うん」

『……じゃあ、また電話する』

「……はい、おやすみなさい」

電話が切れると私はベッドにダイブして足をバタバタさせた。

一人で萌え萌えしているのは流石に気持ち悪いかも？

心の中で、好きな人が出来たばかりの中学生かよって、ツッコんでみた。

週末に向けて仕事を頑張ろうと決めた月曜日。

「命、久しぶり」

「……あ、うん、久しぶ……り!?」

会社に行くと三年前に海外赴任になるからって言われて別れた前彼が、海外勤務を終えて帰ってきていた。

彼の名前は堂本大夢（どうもとひろむ）。

爽やかなイケメンで仕事の出来る大人の男。

会社を辞めて一緒に赴任先へついてきてほしいって言われた時、私は大口の仕事をしていて一緒に行く気にはなれなかった。

いや、違う……。

『一緒に来れば命の好きなフレンチを本場でマスター出来るんじゃない？　僕は命は料理上手になれるって信じてる』

あの言葉に引いた。

料理をしなくちゃいけないって強迫観念から私は、仕事を理由に逃げ出したのだ。

「その後どう？」

「……楽しくやってるよ。大夢は？」

「ぼちぼちかな？　今日からまた宜しくな」

宜しくとは何か？

見れば空いているはずの私の目の前のデスクに荷物が乗っていた。

「え、企画開発部に配属されたって事？」

「うん。また楽しくやろうな」

「……」

楽しくとは何か？

「岩渕先輩おはようございます！」

「葉山、おはよう。朝一で出せっていった企画、今出して」

「……先輩」

「九時まで待ってやる」

「あざーす」

葉山が自分のデスクに着くと、大夢はクスクス笑って私の前にチョコレートの箱を差し出した。

「甘いもの好きだったろ？」

「好きだよ」

箱の蓋を開けて見せられ、私は一つだけ摘まんで口に入れた。

暴力的な甘さが口の中に広がった。

海外のチョコって甘すぎやしないか？　反動で葵さんの作るお菓子が食べたくなった。

大夢がニコニコしてこちらを見ているから、不味いなんて言えないよな。

「ありがとう」

「命が喜んでくれて僕も嬉しいよ」

いや、喜んでないから。

「岩渕先輩、そちらの方は？」

「葉山は、はじめまして？　この人は堂本大夢って言って海外部のエースだった人」

「命の前彼です！　よろしく！」

「大夢やめて……ただでさえ石山さんと葉山のせいで女性社員から目を付けられてるのに、大夢まで加わったら私、刺されるんじゃない？　大夢との関係は良い思い出、忘却の彼方」

「……命、彼氏いるって感じ？」

「悪い？」

失礼にも大夢が驚いた顔をした。

私はとりあえず無視する事にした。

優しい＝私の料理を食べるってどんな図式だよ。

「命の手料理食べてくれる人なわけだ」

「優しい人」

「そっか、どんな男？」


「今日から企画開発部の係長に成りました堂本大夢です。日本に帰ってきてまだ日が浅いので解らない事もあるとは思いますが、宜しくお願いします」

どうやら大夢は帰ってきて役職付きになったようです。

同じ部署の女の子達がきゃぴきゃぴしているから、前彼なんて知られたら確実に刺される。

私はとりあえず親しいと知られないように大夢と目を合わせないようにすごした。

だが、お昼休みに食堂で実里とアジフライ定食を食べていたら、目の前に大夢が座りやがった。

すでに端々からまたあの女がどうの、と悪口が聞こえてくる。

「大夢君久しぶり。目障りだからどっか行って」

みなさんお気付きの通り実里は大夢が嫌いです。

「実里ちゃん、僕何かした？」

「馴れ馴れしくちゃん付けすんな！　命に近づくな！」

「同じ部署なのに近づくなって……」

「煩い黙ってろ」

　実里はカレーを口に頬張りモグモグしてから言った。

「それはほっといて、あのエロ下着、着た？」

　味噌汁が気管に入りました。

「あのエロ下着の写メ待ち受けにしてもらえば良いと思うよ」

「げふげふげふげふ……実里さん……げふ……何、死ねって？」

「セクシー写メもらったら返すのが礼儀」

「げふ、げふ……無理……」

「じゃあ何で買ったの？」

「写メ撮るためじゃないのは確かだよ」

「ケチ臭い事言ってたらフラれるよ！」

「そんな事で振るような器のちっちゃい男じゃないもん」

「解んないじゃん」

「解る！」

「じゃあ、電話して聞いてよ！」

「良いよ！　電話してやる！」

　私は葵さんに電話をかけた。

　そして、数回のコールの後に葵さんは何時ものように電話にでた。

『どうした？』

「葵さんに質問なんだけど、エロ下着の写メを撮らせないからって別れたりしないよね！」

『…………え、どういう事？　詳しく話してくれるか？』

「だから！　こないだ実里とショッピングした時にエロ下着買ったんだけど…………って何て話してんだ私～」

そこで私はハッと我に返った。

「今気がついたの？」

実里はしゃあしゃあとそう言って、カレーを口に運ぶ。しまった。これは罠だ！

「実里にはめられた～」

私が頭を抱えるとスマホから葵さんの声が聞こえた。

『命、それは俺のためにって事か？』

「嫌～忘れて下さい！」

『いや、無理だろ。今週末楽しみにしてる』

「違っ、着るなんて言ってない」

『じゃあ、何のために買ったんだよ』

「……う～、後で……冷静な言い訳を考え付いてから電話します」

『解った。着てもらえるよう巧みな話術を駆使して返り討ちにしてやる。じゃあな』

葵さんが電話を切ると私は実里の首を絞めた。

「実里の馬鹿～！　言い訳一緒に考えてよ～」

「着れば良いでしょ！」

本気で絞めてやる！

「ギブギブギブッ！」

「この恨みはらさでおくべきか～」

これは確実に着なくちゃいけなくなるような、嫌な確信が湧き上がる。

「嫌～」

「死ぬ～」

実里の顔が青い？　……ヤバイ本気でやりすぎた。

慌てて手をはなすと実里はゲホゲホしていた。

「ご、ごめんマジで殺そうと思った」

「悪いと思ってないな」

私が頭を抱えると大夢に頭を撫でられた。

鳥肌立ったんだけど。ってか、今のやりとりを無言で聞いてたのか……キモッ。

「触るな！」

「まさか命がエロ下着買うとは大人になったもんだ」

「関係ないでしょ」

「……実里ちゃんは命の優しい彼氏に会った事ある？」

「……ない、けど写メ見た感じで言わせてもらえるなら、一度で良いから抱かれたい類いのセクシーイケメンだよ」

「私の彼の話だよね？　それ、どんな説明よ」

「だって自分からすり寄っちゃうぐらい良い体してるんでしょ？」

「私が欲求不満みたいに言わないでよ～」

私はまた頭を抱えた。

「……命はそいつの事好きなんだな」

「煩いな～だまってて」

「……」

また頭を撫でられそうになり、ムカついた。

「触るな」

「昔は頭撫でられるの好きだったのに」

「今も好きだよ。恋人に触られるのは」

「そう言うなよ。寂しいだろ」

キモイ！

ああ、葵さんに頭撫でてほしいって私やっぱり欲求不満？

「ああああああああああ～」

私は恥ずかしさから食堂で大絶叫したのだった。

待ちに待った週末、結局言い訳は考え付かなかった。

何回か電話はしたが、葵さんはエロ下着の話題を出して来なかった。

葵さんの優しさが嬉しかった。

「じゃあ、お疲れ様です」

「え？　岩渕君帰るの？　二人のフォローは？」

「ああ、堂本係長にお任せしました。そろそろ終わるんじゃないですか？」

大夢がグッタリした様子で報告に来たのは私が報告に行ったすぐ後だった。

私は荷物のチェックをし、フリーズ。鞄の中の紙袋に入った例の下着のせいだ。

これを着て葵さんと……。持って来はしたものの、着る決心は全くついていない。

今日の晩ごはん、味解るかな？

「命、一緒に晩ごはんどう？」

そんな重大案件を思い悩む私の気も知らず、大夢がのんきに声をかけてくる。私は冷たく言い捨てるように答えた。

「彼氏とデート」

「噂のセクシーイケメン見たいな」

「減るから嫌だ」

私はさっさと荷物をまとめて帰ろうとした。

「下までなら良いだろ？」

大夢が食い下がってきてすごく迷惑！

「良くない」

「冷たいな」

「優しくする意味が解らない」

ただいま私は大変な目にあっているんです。

石山さんと葉山に加えて大夢が私の部署に居るのは私が部長に色目を使っているからだとか、変な噂が流れて女性社員から白い目で見られている。

ハッキリ言って代わってほしい。

ポンコツブラザーズは大夢がどうにかしてくれるから私は居なくて良いだろうって言ってやりたい。

確かに、大夢と仕事の話をするのは楽しい。なんだかんだ言っても大夢は有能だから。

だが、プライベートでまた関わりたいかと言ったらそれは別で、大夢は私の心からの伴侶では無かったんだと葵さんと出会った今、実感している。

むしろ、葵さんに会いたい。

今の疲れた心は葵さんに会えばすぐに吹き飛んでしまうに決まってる。

私が急いでロビーを抜けると会社の前に葵さんが居るのが見えた。

まだ、誰にも囲まれていない。

急いで自動ドアを抜けたその時、後ろから腕を掴まれた。

不思議に思って振り返ると、私の腕を掴んでいたのは大夢だった。

「何？」

「忘れ物」

大夢は掴んだ私の手にハンカチを載せた。

ハッキリ言って何時の忘れ物か思い出せないが、昔持っていたハンカチだと思う。

「今渡さなくても」

「何時でも返せるけど忘れないうちにね」

大夢が私の頭に手を伸ばした。

思わず避けようとしたら、背後から抱き締められた。

シルバーのアクセサリーで飾られた筋張った腕で、葵さんだと解る。

「はじめまして、命の今彼さん」

悪びれる事なく大夢が葵さんに挨拶する。

「はじめまして、河上葵と言います。貴方は？」

「堂本大夢と言います。命の元彼です」

「それ、言わなくて良くない？」

思わず突っ込みを入れてしまった。

「へ～元彼……」

「あ、葵さん？」

葵さんはニコッと笑うと大夢に言った。

「命と別れるなんて馬鹿ですか？　いや、別れてくれてありがとうございます。貴方のお陰で命が俺のもとに来てくれました。勿論、貴方の分まで俺が命を大事にしますから安心して下さい」

葵さんの声がよそ行きの声だ。

「それでは失礼します」

葵さんは抱き締めていた腕を解いて私の手を握り、その場を後にした。


葵さんの家に着くまで、葵さんは一言も喋ってくれなかった。

嫌われてしまったのかも知れない。

リビングのソファーに並んで座りながら、モヤモヤした私は葵さんを見上げた。

葵さんと目が合う。

「命」

「はい」

「抱き締めて良いか？」

「う、うん」

葵さんは私をギュッと抱き締めた。

「あいつ何なんだよ！　命に未練タラタラじゃねえかよ」

「え？　たぶん違うでしょ？」

「はぁ？　明らかに命の事がまだ好きだろ？」

「……でも、私は葵さん以外にときめいたりしないしな……チーちゃんにキュンとはするけど」

「チーにときめいてんじゃねえか」

「可愛いからチーちゃん」

「どうせゴリゴリのおっさんですよ」

私は葵さんを抱き締め返した。

「葵さんも可愛いよ」

「ああ、またコロコロされてる」

葵さんは私の頭を撫でてくれた。

これがどれだけ嬉しくて幸せな事かを、葵さんは知らないだろう。

「葵さんの大人な対応にキュンキュンしてました」

「内心暴れてやろうかってぐらい嫉妬でどろどろな感情で一杯だったぞ」

「可愛い！」

「ああ、マジで情けねえ」

葵さんはゆっくりと力を抜いた。

葵さんは私の顔をまじまじと見つめると言った。

「俺は、相当お前にまいってるらしい」

私が首を傾げると葵さんは苦笑いを浮かべた。

「あの男が目の前に現れて……命は俺のだって強く思った……引くだろ？」

「……何でだろ、普通なら引くんだけど……葵さんのは嬉しいよ」

葵さんは困ったように言った。

「キスしたい」

ゆっくり顔を近付けてくる葵さんを拒む事なんて出来るはずもなく唇がゆっくりと触れすぐに離れた。

顔が遠退き、葵さんの顔を見るとニカッと笑われた。

「ああ俺、中坊並みにキス一つで浮かれてる。ダッセーな」

いや、私もかなりフワフワしている。

「飯にしよう」

「うん」

葵さんは照れたようにそう言ってキッチンに向かおうとした。

何だか物足りない気もしたが、ご飯と聞いては逆らえない私の食いしん坊スキル。

葵さんは何かを思い出したように振り返ると、私に近づき抱き締めてから深いキスをしてきた。

うわわわわわ〜！　思考が追い付かない。

「うっかりしてたな。俺は中坊じゃなくてゴリゴリのおっさんだからあんな挨拶みたいなキスじゃ満足出来ないんだ」

そう言ってから葵さんは更に深く長いキスをした。

ハッキリ言って葵さんのキス、ヤバイ！　足に力が入らなくなる。

「ベッド行くか？」

「お腹すいた」

「……食いしん坊め……可愛いけどさ」

「それに、今エロ下着着てないしお風呂入りたいし」

「……ヤバイ、ムラムラしてきた」

「私もお腹がグーグーしてきた」

「食いしん坊め～。直ぐに飯にしよう。待っとけ」

「うん。葵さん大好き」

「……一回ベッドに」

その時私のお腹が鳴ったのは私のせいじゃないと思う。

葵さんが用意してくれたディナーは凄かった。

「こっちから、生ハムとモッツァレラのサラダ、鯛のカルパッチョ、カボチャの冷製スープ、牛のフィレステーキ、デザートは苺のムースだ」

「フルコース？」

「フルコース風にしてみた。俺の気合いだ！」

葵さんはニカッと笑い私の頭を撫でた。

葵さんが椅子に座ると私はサラダを口に運んだ。

「美味しい！　モッツァレラと生ハムなんて不味いわけがないんだけど、味付けがまた絶妙」

「好きか？」

「好きです」

「それはサラダがか？　それとも俺をか？」

「……」

「黙るの止めてくれ」

「引いたんじゃないよ……どちらかと聞かれたら葵さんかな？」

葵さんは両手で顔を隠してしまった。

見れば耳まで赤い。

自分で聞いたくせに。

「お前……ヤバイ」

「失礼……カルパッチョと冷製スープも美味しい！　幸せ～、葵さん大好き」

「追い討ちとか……」

葵さんはワイルドさんなのに可愛い、これは好きにならない女なんていないだろ。

私はお肉を口に入れて悶えた。

美味しい！

「お肉か柔らかい！　葵さん、私今なら葵さんが五つ星のレストランで修業していたって言われたら信じるよ」

「修業してねえから」

「お肉冷めちゃうよ」

「解ってる」

その後も少し顔が赤いままの葵さんと食事を楽しんだ。


デザートの苺のムースを食べ終わると葵さんが珈琲を淹れてくれた。

「風呂の準備してくる」

風呂って言葉に思わず肩が跳ねた。

「……命、そう怯えるなよ」

「怯えたんじゃ……うん。ちょっとだけ怯えた。ごめん」

エロ下着を着る決意が出来てなくて緊張してるなんて、言えない。

葵さんはゆっくり私の顔をのぞきこむと言った。

「止めるか？」

「へ？」

「無理にする事じゃないし、今日はキス出来たし俺達は別にゆっくり進んでも良いんじゃないのか？」

「しないの？」

「したいよ。滅茶苦茶な！　でも、命が大事だからな、無理してほしくない……滅茶苦茶したいけどな」

葵さんの苦笑いにキュンとする。

好きだな、今まで付き合ってきた男とは全然違う。

私はゆっくり珈琲を飲み、言った。

「泊まるのは良いの？」

「当たり前だろ？　朝飯も旨いもの作ってやる」

葵さんはまたニカッと笑って私の頭を撫でてくれた。

「風呂入れるようにしてくる」

葵さんはそのままお風呂場に向かった。

お風呂に入って考えた。

葵さんの言葉は本気だろうか？　本気でしないのか？

「命、Tシャツ置いとくぞ」

脱衣所から葵さんが声をかけてきた。

「あ、ありがとう」

緊張した私は、思わず湯槽の中で膝を抱える。

葵さんが居なくなる気配にほっとする。

「……葵さんが好き」

お風呂場に小さな呟きが広がった。

私はお風呂から上がると、覚悟を決めて、脱衣所まで持ってきていた鞄から紙袋を取り出した。

中から黒い透け感のある下着を掴むと、それを身に着けた。

かろうじて大事な部分は布が厚く作られているが鏡に写る自分から肉食獣の雰囲気がにじみ出ているみたいでキツイ。

ど、どうしよう……これ見たら葵さんは引くよね。

『肉食女子怖い』って前に言ってたよね。

『似合わねえ』なんて言われたら泣くかも……。

着たは良いけど……。

私はゆっくりと葵さんが出してくれた黒いTシャツを上に着た。

意気地無しの自分が嫌になる。

その格好でリビングに行くと葵さんがデザートワインを用意していてくれた。

「思ったより早かったな」

「うん。あの、ズボンは？」

「こないだ後悔したから出してやらん！」

「葵さんって脚フェチ」

「そうだ！　たぶん……命の脚が好きだ」

思わず自分の脚を見下ろした。

決して細くないし、むしろムチムチしてる気がする。

短くはないけど決して長くもない。

こんな脚のどこが良いのだろ？

私はもっと細くなりたい。

「解んない」

「さわり心地が最高だったしな」

それは恥ずかしい。

私は葵さんの横に座って出されたデザートワインのグラスを見つめた。

グラスに入ったワインが光にかざすと、明るい色に変わる。

美味しそうだ。

私はグラスに口をつけた。

甘くて美味しい。

葵さんの方を見ると葵さんは私の脚を見つめていた。

私は恥ずかしくなって膝と膝を擦り合わせた。

「……ええ～と、客間で寝るか？」

「何で？」

「何……でって、そりゃ、あの、あれだ」

「私は葵さんと一緒が良い」

「……」

葵さんはグラスのワインを一気に飲み干すと立ち上がった。

「風呂入ってくる」

葵さんはそのままお風呂場に行ってしまった。

「早く帰ってこないかな」

私は緊張からかグラスのワインを飲み干し、次を注いだ。

葵さんが戻ってきた時には一本飲み干してしまっていた。

「お前……」

「葵さん、飲み終わっちゃった」

「細いボトルだからあんまり量入ってねえけど、飲みきるって……」

「甘くて美味しいから……葵さんギュッてして」

「……ギュッとですか？　命さん」

「ギュッ」

私が葵さんに抱きつくと葵さんは私を力一杯抱き締めてくれた。

「葵、さん、苦し、い……」

「あ、悪い」

葵さんが力を緩めてくれて、葵さんの顔を見上げながらニコッと笑って見せた。

葵さんはそのまま私の唇に自分のを重ねた。

ゆっくりと長いキスをくりかえしていたら、葵さんの手が私の胸を触った。

「！　お前、下着つけてんの？」

「……」

「帰る気だったのか？」

「違う」

「じゃあ何で……」

私は顔から火が出そうだと思った。

「だ、だって新しい下着これしかないし、葵さんが喜んでくれるかなって……」

「……見て良い？」

葵さんはピンときたという感じに目を丸くした。

「だ、ダメ」

「はぁ？　俺のために着てるんだろ？」

私は顔を両手で覆って言った。

「だって、葵さんに引かれたくない」

「引かない」

「だって、エロいって言うより肉食って感じで……」

「すっげー見たい」

葵さんの手がＴシャツの裾を掴む。

思わずその手を掴んで押し止める。

「嫌いにならない？」

「なるわけないだろ……もっと好きになるに決まってる」

「適当な事言って……」

「適当じゃねえよ。今も顔真っ赤にして涙目で俺に嫌われないか心配してる命が可愛くて仕方ねぇ」

私は暫く黙るとおずおずとＴシャツをたくしあげて葵さんに下着を見せた。

恥ずかしくて死にそうで思わず顔を横にそらす。

「エロすぎだろ！」

「だ、だから言ったじゃん！」

私は慌ててＴシャツを下ろした。

葵さんは顔を少し赤らめている。

「何で隠すんだよ」

「エロすぎって言った！」

「エロすぎだけど何て言うか……綺麗だ」

「逆に恥ずかしいよ～」

「ってか一回Tシャツを脱げ」

「何で!!」

「Tシャツをたくし上げてってのがエロすぎるからだ」

そ、そうなの？

私がモヤモヤ考えあぐねてる間に葵さんにお姫様抱っこされた。

あまりにも簡単に抱えられて驚いて葵さんを見ると葵さんは真剣な顔で私を見ていた。

「俺の部屋で良いんだよな？」

「うっ、うん」

私が頷くと葵さんは本当に嬉しそうにニカッと笑い、寝室まで小走りで私を運んだ。


エロ下着って凄い。

エロ下着は男の人を狂わせる。

初Hに着るのはおすすめしない。

本当に狂わせるから……。

「葵……さん……許して……」

「命、色っぽい」

「も……無理……」

「うん……俺も……やめるの無理」

「嘘！　や、無理～」

葵さんの愛は少々の体力では無理なのかも知れないと本気で思ったなんて、私を見下ろして幸せそうに笑う葵さんは知らないに違いない。

葵さんとのはじめてが無事に終わり私は安心していた。

本当に無事だったかと、聞かれたらそれは違うけど。

翌日は一日動けなかった。

葵さんはずっと幸せそうにニコニコしていて、文句を言いたくても言えなかった。

朝ご飯から夕飯まで葵さんが全部甲斐甲斐しくお世話してくれて、帰りは葵さんが高級外車で送ってくれた。

車まで持ってるって知らなかったよ。

「命、無理させてごめんな。次はもう少し落ち着けるようにするから」

「……本当に？」

あまり声が出ない。

ちょっとガラガラなのも全部葵さんのせいだ。

「ああ、本当だ」

「信用ないんだけど」

「何でだよ！」

「無理、やめてってっていっぱいお願いしたのに聞いてくれなかった」

「……すまん」

シュンとする葵さんが可愛くて私は苦笑いを浮かべた。

「信じるから、次は手加減してね」

「!!　……命、愛してる」

葵さんは嬉しそうに笑うと私にキスを降らせた。

なかなか終わらないキスに力が抜ける。

「家に連れて帰っていいか？」

「駄目！　明日仕事だから無理。安全運転で帰ってね」

「……解ってる。じゃあな」

葵さんが車に乗り込むのを見つめながら寂しくなる。

元彼達の時ならたぶんもうエレベーターに向かって歩きだしていただろう。

ウインドウを下ろして葵さんが顔を出す。

「じゃあ次は週末が良いか？　俺は何時でもいいぞ」

「……週末が良い。気がねなくイチャイチャしたいから」

「……イチャイチャしよう！」

余計な事を言ってしまったらしい。

「じゃあ、週末な。メールする……電話でも良いか？　まあ、連絡する」

「うん。私も！　じゃあね」

その後、葵さんの車が見えなくなるまで見送った。


「……そう、そんなに凄かったんだ」

そして今日、月曜の昼休みに食堂で、実里に週末の話をしている。

その感想が、それだった。

私はゆっくりと頷いた。

「私もエロ下着買おうかな～」

「み、実里さん、貴女エロ下着持ってるって言ったよね？」

「持ってないよ！　まあ、命ぐらいスタイルが良くないと着れないか？」

騙された。

実里を信じて買ったし着たのに。

体が未だにダルいのに。

ふと、セクシーな葵さんを思い出してしまって赤面してしまう。

「思い出して赤面とかエロ～い」

「実里、殺すよ」

「すみません」

その時、目の前の席に座ったのは大夢と葉山だった。

「岩渕先輩どうしたんですか？　顔赤いですよ？」

「彼氏とイチャイチャしてたの思い出して照れてるだけだよ後輩君」

葉山が黙ると大夢がニコニコしながら言った。

「エロい下着見せてあげれたの？」

揶揄（やゆ）するつもりの大夢を見透かすように、実里が言い放った。

「大夢君が言いたい事もわかる。だけど、この恋愛において奥手の命が頑張って誘惑したみたいよ」

「……見せたんだ」

思いがけない事だったらしく、そう言って大夢は言葉を失った。

私は開き直って言った。

「そ、そうだよ！　着たよ。あ、あんな目にあうと思ってなかったし……ううう～実里～恥ずかしかったよ」

「おお、よしよし、頑張った頑張った。ワイルドさんはセクシーさんでもあったわけね」

「……ううう～思い出しちゃうから～」

顔がどんどん熱くなる。

実里は満足そうに笑って言った。

「命、可愛い」

「ううう〜」

私は頭を抱えた。

「そんなモンモンとしてたら大変でしょ？　今夜行って、もう一回抱いてもらったら？」

「無理！」

「下手だった？」

「違っ、凄かったの！　だから、その、一回で済まないっていうか……次の日動けないって言うか……」

実里はニヤニヤしている。

「命、それ、僕らの居ないところで話した方が良いんじゃないかな？」

大夢の言葉に二人の方を見ると、何故か葉山が目をうるうるさせている。

何？　怖い。

「ご、ごめんね葉山、あの、猥談(わいだん)苦手なら他の席に行きな！　私が実里に話したい事結構な猥談だからとばっちりで聞こえちゃうよ」

「だ、大丈夫です。続けて下さい」

大丈夫な顔してないよ。

「命は凄いって言うけど、あんた今まで彼氏ってどれぐらい居たわけ？」

実里は大夢にニコッと笑って見せている。

大夢をこの席から遠ざけようとでもしているのか？

「葵さんの前で五人……かな？」

「そのうち何人とヤってる？」

「……二人」

「何だ、二人としか比べらんないじゃん！」

「いや、比べるとかしないよ。あんまり覚えてないし」

「最後にヤったの何時よ」

「一昨日」

「じゃなくてワイルドさんと付き合う前の話」

「……三年半ぐらい？」

何故か大夢が驚いた顔で私の方を見た。

「命、僕と別れてから誰とも付き合ってなかったの？」

「仕事、忙しかっただけだし」

「ふ～ん」

何だよ、料理しろって言う男しか居なかっただけだもん。

私は定食の唐揚げを口に放り込んだ。

「ねぇ、命、三年しないと処女膜戻るって本当？」

私はフリーズしてから、口の中の唐揚げを飲み下して言った。

「し、知らない！」

「……自分の事でしょ？」

「わ、解んない……」

「意識なくなってる間に全部処理してもらったって事ね」

「何で解るの～」

私は再び頭を抱えた。

見れば葉山も同じように頭を抱えていて、大夢は興味深そうにこっちを見ている。

「うちのダーリンもしてくれるよ！　風呂場までお姫様抱っことか」

「あんな可愛い顔して結構力持ち？」

「私が太ってるって言いたいのか？」

「違うよ！　……男の人って結構力持ちなんだよね」

「お姫様抱っこされた？」

「千里眼」

「命、お姫様抱っこ憧れてたもんね！　やるなワイルドさん、命の萌えポイントを確実に突いてくる」

「……そうなの、どうしよう！　中高生ばりにドキドキする」

「初恋か？」

「ち、違うよ！」

「あやしい」

初恋は済ませている。

だって五人と付き合ってきたんだよ！

……こんなにキュンキュンしたのは、はじめてだけど初恋とは違うよ。

「命」

「はい！」

「ワイルドさんと結婚するんだね！」

「へ？」

私は顔にまた熱が集まるのが解った。

「……う、うん。あ、葵さんが良いなら、勿論」

言った後に後悔した。

実里のニヤニヤが半端ないからだ。

「ううう～実里嫌い～」

「ワイルドさんは？」

「ふぇ……す、好き……」

もう、大夢が聞いてるとか葉山がいるとかすっかり忘れて、実里の質問に正直に答えている私。

もうダメだ、恥ずかしすぎる！
もうご飯食べられる気がしない。
私はこの日、珍しくご飯を残したのだった。

お仕事見学

この日僕はおふくろに頼んで仕事場に連れてきてもらっていた。

うちの親は夫婦でヘアメイクの事務所を構えているんだけど、今回のおふくろの仕事がミコちゃんの仕事だと知ったからだ。

おふくろの後をついて行くとスタジオの中には嫌な空気がただよっていた。

「メイクまだ？　待ち疲れちゃった〜」

高飛車な女の子は高校生ぐらいに見え、周りの大人がオロオロしながらご機嫌とりをしている。

嫌なところに来てしまった。

僕は本気でそう思った。

「千恵子さん……俺無理っす！　あの子を上手く撮れる気がしないっす！」

そこに現れたのは若いイケメンで、手にはカメラが握られているから、カメラマンなのかもしれない。

「誰っすか？　この天使」

「私の息子」

「……こんなでかい子供がいたんすか？　ってか息子！」

「千晴です。宜しくお願いします」

「仙川っす。にしても可愛いすね！」

可愛いって言われるのは慣れてるからニコッと笑っておく。

「可愛いっす〜」

「ミコ様もメロメロなんだから」

「天使君、羨ましいっす！　俺もミコ様にメロメロになってほしいっす……無理っす、想像すら出来ねえっす」

どうやらミコちゃんはここでは凄く力のある人なのかも知れない。

「ミコちゃんは居ないの？」

「ミコ様をちゃん付け！　天使君恐ろしい子！」

彼の中で僕は天使君って事になったらしい。

「まあ、ミコ様は女神様みたいなもんすから天使君がちゃん付けしていても何だか納得っす！　ミコ様は後から来るらしいっす」

「早く来ないかな〜」

「俺も同意見っす！　ミコ様が居たらこんな空気になってないっすから……」

どういう事だろ？

僕がキョトンとすると突然肩を掴まれて驚いた。

振り返るとさっきの高飛車女が物凄いキレた顔をして立っていた。

「あなた何なの？」

「この子は私の子供で社会科見学に来たんです」

おふくろがフォローしようと口をはさめば高飛車は眉間にシワを寄せた。

「目障りだから連れてくるんじゃないわよ！」

そこまで言うの？

僕のせいでおふくろが文句を言われるなんて嫌だ。

「なら、僕帰るよ」

「え？　チー、良いの？」

「うん」

僕が帰ろうとしたその時だった。

「帰るなら貴女がお帰りになれば良いんじゃないでしょうか？」

そこに現れたのはミコちゃんだった。

僕らの間に入ったミコちゃんの後から、お偉いさんみたいな高そうなスーツ姿のおじさんが数人ついてきた。

「パパ、この女何なの？」

「このＣＭの企画を担当させていただきました岩渕と申します。今回のクライアント企業の社長である貴女のお父様から、お嬢様がアイドル活動をしているから是非ともＣＭに起用してほしいとお申し出があり、貴女を起用いたしました」

ミコちゃんは綺麗な笑顔でスーツ集団を振り返って言った。

「社長、私がこれから申し上げる事が気に入らなければ、我が社を切っていただいて結構です」

「……」

スーツ集団の中の社長さんらしき人の顔がひきつっている。

「私たちはこの仕事にプライドを持っています」

「私だって」

「貴女は相当なアホですね」

いや、ミコちゃん。その言い方はいくら何でも……。スタジオ中が凍りついてるよ。

「え？」

高飛車女はあからさまに不機嫌な顔してる。

「貴女は今、最大のビジネスチャンスを、自分からフイにしようとしてるんですよ」

ミコちゃんは意に介さず、落ち着いた声で続けた。

「たとえ貴女が大手企業の社長令嬢でも、ご自身はまだまだ知名度がないアイドル。そんなタレントが業界の人間を顎で使う。業界の人間は横の繋がりを大事にするの。貴女は今一人に辛く当たってるだけのつもりでも、これから来る一〇の仕事をフイにしているのと一緒なのよ」

「な、何言って……」

「もっと解りやすく言いましょうか？　ここで仕事をしている人間はみんな自分の次の仕事に、貴女がいたら嫌だと思うでしょうね。という事は貴女を起用するならその仕事は引き受けない。こんな狭い業界であのアイドルは敵が多いなんて噂が立てば、一気に広まるのよ。そうなったが最後、貴女のためを思うような、好意的なスタッフに囲まれた仕事は回ってこないって事になるの」

ミコちゃんはニコニコしながら社長さんに近寄って言った。

「私はプライドを持って仕事をしています。社長が今ここで決めてください。娘にいい顔したいがために我が社との契約を切るか、我が社との契約を取り娘さんを黙らせるか？」

社長さんが真っ青な顔で黙ると横に居たカメラマンさんが言った。

「ミコさんとこの契約を切るのであれば、自分もこの会社の仕事は一生しないっす」

周りからもそんな声が上がる。

社長さんはミコちゃんに頭を下げて言った。

「娘が失礼をした。別のモデルをすぐに用意出来るだろうか？」

「勿論です。社長の勇気あるご決断に感謝します」

ミコちゃんの柔らかな笑顔に社長さんも安心したような顔をした後、娘の首根っこを掴んで去っていった。

「ミコ様〜格好良かったっす！　一生ついていきます！」

「仙川君。君はいろんな賞をとってる凄いカメラマンなんだから、うちみたいな弱小代理店じゃなくても仕事出来るでしょ？」

「いや！　ミコ様に会うためにも呼んでくれっす！」

「ありがとう」

仙川さんは顔を赤らめてニコニコしていた。

そしてミコちゃんは僕のところまで来るとギュッと抱き締めてくれた。

「チーちゃん、大丈夫？」

「うん大丈夫だよ！　さっきのミコちゃん格好良かったよ」

「ありがとう……って言って良いのかなあ？」

「言って良いよ～」

ミコちゃんの体に腕を回してギュッとし返す。

ミコちゃんとギュッとすると、ちょうどミコちゃんのおっぱいが顔にあたって気持ち良い。

「ミコちゃん好き～」

何時もは早く大きくなりたいって思うけどミコちゃんがギュッてしてくれるならこのままでも良いな～なんて最近思うんだ。

「天使と女神のコラボ！　一枚良いっすか？」

「良いよ～！　僕にも画像データちょうだい。僕大事にする！」

ミコちゃんがニコニコしているとガッと脇に手を入れられてミコちゃんから引き剥がされた。

アオちゃん？　って思ったけど違かった。

見た事ない男の人が僕を持ち上げていた。

「大夢？　ちょっと何？」

「命は本当に警戒心が無いな～」

「はぁ？」

「この年頃の男の子はもう男だよ」

「だから？　意味解んないんだけど？」

「これだから……」

ミコちゃんが少し怒ったような顔をしているのを見ながらその男は僕を離してくれた。

「岩渕先輩」

別の男がやってきて声をかけると、ミコちゃんは僕に見せてくれた優しい顔とは別の、キリッとした表情で指示をした。

「ああ、葉山良いところに。新しいモデル、マッハで探して」

「それなら僕が手配したよ。惚れ直した？」

さっきの男がすかさずそう言った。

「……そう。流石大夢。でも、元から惚れてないから惚れ直せないわ」

どうやらこの男はミコちゃんが好きみたいだ。

スタジオ内をテキパキ動き回って、スタッフに指示を出してるミコちゃんを眺めながら、僕はおふくろを見た。

「あの大夢って人ミコちゃんが好きなの？」

「あの男はミコ様の前彼」

「え？　未練タラタラじゃん」

「私あの人苦手なの、まさか帰って来てるとはね」

「帰ってって？」

「海外勤務になってミコ様と別れてイギリスだか、フランスだかに行ってたの」

へーミコちゃんにはもうアオちゃんが居るのに、お似合いなんだから邪魔しないでほしいよ。

代わりのモデルが来て、おふくろがメイクを始めた。

「あれ？　これって？」

おふくろが、そのモデルさんの指輪に目を止めた。

「は、はい！　私、この指輪しているときは仕事が上手くいくって思えるんです」

可愛いモデルさんの右手の中指に竹が巻き付いたようなデザインの指輪がついている。

「そうなんだ〜運命かもね。貴女これから売れるわよ〜」

「へ？　何でですか？」

「ミコ様ってこの広告のプランナーの人が居るんだけど、ミコ様の企画に出た子はスタッフからも気に入られて売れるって決まってるのよ！　あ、ほら、あの人。ミコ様〜！」

おふくろが手を振る先にミコちゃんがいて、ニコニコしながらこっちに来てくれた。

「新しいモデルさんね」

「よ、宜しくお願いします」

モデルさんは椅子から立ち上がって頭を下げた。

「ああ、立たなくて大丈夫よ。私の方こそ宜しくお願いします。貴女が来てくれて助かったの」

「ミコ様、彼女【gunjo】の指輪で気合い入るんだって」

「！　そ、そうなの？」

ミコちゃんがテレたようにへにゃっと笑顔になった。

うわ〜スッゴい可愛い顔、ミコちゃんって本当にアオちゃんが好きだよね。

「……綺麗な人……」

呆然とモデルさんが呟いた。

同意見だよ。

「へ？　あの、ごめんなさい。自分の世界に入っちゃった！」

顔を赤らめて照れ笑いを浮かべるミコちゃんに胸キュンだよ。

「私もね、今してるネックレスが【gunjo】なの」

「……見た事無いデザインですね？」

「だってそれ、アオさんが生まれてはじめて作ったネックレスだもん」

「へ？」

「私とさっちゃんはアオさんと高校の同級生なんだけど、そのネックレスが切っ掛けでアオさんのブランド名が【gunjo】になったんだよ。そのカイヤナイトって石の群青色から」

「そ、そうなの？」

「知らなかった？」

「し、知らなかった！　ど、どうしようそんな大事なものもらっちゃって良いの？」

ミコちゃんがアワアワしだすのを見て僕は思わず笑ってしまった。

「ミコちゃんはアオちゃんと結婚するんでしょ？　ならずっと着けとけば大丈夫だよ。アオちゃんは一緒に居れない時間をそのネックレスで埋めようとしてるんだから、ずっと着けとかないと」

ミコちゃんの顔がみるみる赤くなっていくのが、さらに可愛い！　耳まで真っ赤なミコちゃんにキュンキュンだよ。

勿論キュンキュンしてるのは僕だけじゃないみたいで、仙川さんが望遠カメラで気が付かれないように写真を撮っている。

あのデータも後でもらおう！　アオちゃんにプレゼントしたら何でも好きなもの買ってくれそう。

新しいゲームねだっちゃおうかな！

「【gunjo】の人とお付き合いしてるんですか？」

「う、はい」

更に赤くなるミコちゃん。

「可愛いです！　格好良くて、好きな人の事になると可愛いだなんて憧れます！」

「え！　いや、そんな……」

ああ、アワアワしてるミコちゃん可愛い。

その後もモデルさんのキラキラした目で褒め称えられてアワアワする可愛いミコちゃんを見ながら、アオちゃんがここに居たら萌え死んでいたんじゃないかって勝手に想像してニヤニヤしてしまった。

第五章　プロポーズ予告

仕事終わりに私は葵さんに電話をかけた。

「もしもし？」

『ああ、どうした？　あ、いや、何もなくても電話して来て良いからな』

「うん。あの、あのね、このネックレス本当に私がもらって良かったのかな？」

私は胸のネックレスを指でもてあそびながらそう切り出した。

今日、スタジオで千恵子さんから聞いた話が気になっていた。

このネックレスは葵さんが生まれてはじめてデザインした物。そんな大切な記念品を、私が持ってていいのかなあ。

私の言葉に葵さんが黙ってしまう。

「あの、聞こえてる？」

『ああ、聞こえてる……何で？　やっぱりデザイン、ガキすぎたか？』

「違う……葵さんにとって、このネックレスは大事な物なんでしょ？」

『……命より大事なものとか無いけど』

葵さんの突然の甘い言葉に一気に顔に熱が集まる。

『……すまん。ちょっと寒すぎたな。忘れろ』

「む、無理～ヤバイ今誰にも会えない」

『どうした？』

「葵さんがそんな事言うから……顔熱い」

『……写メ送って』

「絶対に嫌」

『ああ、クソ！　スッゲー可愛い顔してんだろうな～』

「し、してないよ」

『嘘だ！』

葵さんの深いため息が聞こえた。

『会いたくなるだろ～。いや、今から会うか？』

「……嬉しいけど、無理、ごめん」

同じ事を思ってしまっていた。

『残念』

「うん。残念」

『……週末何食べたい？』

「葵さんの作ったご飯」

『会いたくなるって言ってんだろ』

ああ、会いたい。

声を聞いただけで癒されるけど、会いたくなって寂しくなる。

何だか胸がいっぱいで苦しくてお腹がいっぱいになったような気がする。

「会いたい」

思わず声に出てしまった。

『どこに居る？　迎えに行く』

「明日も仕事だもん」

『うちから行けば良いだろ？　着替えとか化粧品とか必要な物持ってこい』

「……我が儘言ってるよね」

『馬鹿、そんなの可愛いだけで我が儘でも何でもねぇよ』

「何か、そう言ってもらえて満足しちゃった。ありがとう」

『馬鹿！　満足してんじゃねぇよ！　俺は満足してねぇ！　俺が会いたいんだ！』

可愛いな葵さん。

萌え萌えでキュンキュンだよ。

「すぐに家に帰って準備する」

『家まで迎えに行く』

「大変じゃない」

『早く会いたいんだ』

キュン死する。


急いで家に帰ってお泊まりの準備をする。

化粧品とかスキンケアとか小瓶にうつしている時間は無い。

新しく買ったパジャマもせっかくだからおろそう。

下着は透け透けはもう無理だ！　ヨレヨレじゃ無いもので……。

「し、しないか……する？」

解らないならちょっと気合いを入れるか？

期待してると思われるのはまずいからちょっとだけ……お気に入りにしよう。

その時スマホが鳴って、私は飛び跳ねそうなぐらいビックリした。

スマホを見ると大夢からだった。

うざい！　……でも仕事だったら？

私は仕方なく電話に出た。

「何？」

『暇ならメシでもどう？』

「無理」

私は電話を切った。

気持ちを切り替えて荷物を持つと部屋を出た。

何故こうなった？

マンションから出ると、何故だか葵さんと大夢が睨み合っていた。

一回自分の部屋に戻っても良いだろうか？

面倒な事に変わりはないよな？

「何してるの？」

思わず出た声に二人が私の方を見た。

最初に口を開いたのは大夢だった。

「命、話があるんだ。僕に時間をくれないか？」

私は話す事無いよ？　仕事の話以外には。

私が口を開く前に葵さんが言った。

「命はこれから俺との時間なんですよ。あんたは会社で会えるでしょう」

「会社で出来ない話なんですよ」

「会社で出来ないような話を命にしないでいただきたい」

葵さんの敬語がこわい。

睨み合う二人。

「この時間が勿体無いので、話を勝手にします。命」

大夢は私の方を見ると言った。

「命が僕と別れてから彼氏を作ってなかったって聞いて正直嬉しかったんだ！　命、結婚しよう！」

ああ、誰かお巡りさん呼んでくれないかな？

私が大夢と別れてから彼氏を作らなかったのは、寄って来る男が料理上手な女が好きな奴らだったから恋愛関係に発展しなかっただけで、大夢を引き摺っていたからじゃないよ。

「フランスに行ってからも命の事が忘れられなかったんだ！　僕は本気だ。僕と結婚してほしい！」

見れば葵さんは驚いた顔でフリーズしている。

「は〜……無理だよ。私は大夢のこと好きじゃないから」

「だって」

「だってじゃない。私は大夢に一緒にフランスに来てほしいって言われた時にもう気持ちが無くなったの」

「何で？」

「一気に冷めたとしか言いようがない。それに、私が今好きなのは……あ、葵さんなの」

私は葵さんに歩み寄り、Tシャツの裾を摘まんでみた。

「何時になるか解んないけど葵さんと結婚するから大夢とは無理。結婚するのは……葵さんが良い」

は、恥ずかしい！　何だこの羞恥プレイ！　好きな人の前で、け、結婚したい宣言なんてキツすぎる。

葵さんはどんな顔してる？　見たいけど見れない、たぶん今の私は耳まで真っ赤に違いない。

「命もこう言ってますので、俺が責任をもって幸せにします」

葵さんの声は何だか優しくて、恥ずかしい。

アワアワしている私をしりめに、Tシャツの裾を握っている私の手を、上から包むようにギュッと握ってくる葵さんに、またキュンとしてしまった。

葵さんは私の手を引いて車に連れていくと私を車に乗せた。

そして自分が運転席に座ると、言った。

「ちゃんとプロポーズするから待っててくれ」

「気長に待つよ」

「近いうちにする」

「無理しなくていいよ」

「無理じゃない。むしろ……結婚すれば命が俺の作るメシを可愛く食べてるの毎日見れるだろう？　それを考えると今すぐにでも結婚したい。けど、一生に一度の事なんだからプロポーズとかそういう事はちゃんとする」

車が走り出す時チラッと見た窓の外に、憮然とした表情で立ち尽くす大夢が見えた。

でもゴメン、大夢。私は別の事を考えていたよ。

だって、さっきのはすでにプロポーズなんじゃないか？

私はニヤニヤしているのがバレないように車の外の夜景を見つめ続けるのだった。

命に会いたいと言われて、無理矢理泊まる事を了承させ迎えに行く事になった。

命の〝会いたい〟の破壊力が凄すぎた。

俺の会いたいが溢れ出た。

「迎えに行く」

口をついて出てしまった。

気持ちが先走り、車の鍵を掴んでいた。

迎えに行く間も楽しくて嬉しくて早く会いたくて、女にこんな感情抱いたのだってはじめてだ。

こんなに幸せな気分で命のマンションに着いた時、俺は心臓を鷲掴みにされたような、息が出来なくなるような気持ちにシフトチェンジさせられた。

スマホ片手にため息をついているのは、命の前彼じゃねぇか！

「貴方は何をしているんですか？」

慌てて車を路肩に停め、俺は深呼吸してから、ゆっくりと車を降りてその男に歩み寄った。

怒鳴り付けたいのを我慢して声をかけるとムカつく笑顔を向けられた。

「今晩は……」

「命に何か？」

「食事に誘おうと思いまして」

てめえはもう命の彼氏じゃねぇだろ！

命は俺のもんだ～！

思わず睨み合っていると命がマンションから出てきた。

命は前彼を見ると嫌そうに顔を歪めた。

前彼はあろう事か命にプロポーズしやがった。

しかもコイツと別れてから男を作らなかったって聞いて、俺はもしかして命はコイツの事まだ引き摺っているんじゃないかって不安が押し寄せてきてしまった。

それを命は一言で振り払った。

「結婚するのは……葵さんが良い」

心臓を鷲掴みにされた。

俺が幸せにする。

将来、命が思い出した時に幸せになれるようなプロポーズをする。

俺は車に命を押し込んで自分の家に急いだ。

車の中でちゃんと俺からプロポーズするって宣言すると命はそっぽ向いて窓の外を眺めていた。

ただ、車のガラスに映る命の幸せそうなヘニャリとした笑顔が可愛かった。

写メ撮りたい。

たぶんフラッシュたいたら写らないだろう。

隠し撮りじゃないとこの顔はしてくれないだろうな。

しかも、運転中だから凝視も出来ねえ。

「命、何食べたい？」

「……」

命はゆっくりと俺の方を見た。

「メシ食っちまったか？」

「食べてない……今から作るの大変だよね？」

「気にすんなよ」

「外食しようよ。私奢るし」

「いやいや、奢るけど……命」

「何？」

「お前は俺に甘えてれば良いんだぞ」

「……」

「俺はお前を甘やかしたいんだ。何時も頑張ってんだから俺の前では力抜けよ」

命はまたそっぽ向いてしまった。

ガラスに映る命は泣きそうに見えた。

「命？」

「葵さんは私に甘えたくないの？」

え？　それは何を言えば正解だよ。

「……甘えたいよ。だから今日抱いて良いか？」

「だ、ダメ」

「でも、他は命に甘えるような事無いし」

「……」

命は耳まで真っ赤になりながら俺の腕をツンツンして言った。

「一回だけね」

「へ？」

「あ、明日動けないと困るから……」

ヤベエ〜鼻血出そう。

可愛すぎる。

「煽（あお）りすぎだ」

「あ、煽ったんじゃないよ！」

「とりあえず、スタミナつくもの食いに行くか！」

「な、何で！」

「するから」

「直球！　〝オブラートに包む〟って言葉知ってる？」

「焼肉行くか」

「焼肉嬉しいけど……」

「旨い店知ってるからまかせろ！」

俺は焼肉屋までの道のりをウキウキしながら運転した。

命はずっとソワソワして可愛かった。

ああ、命と結婚したいな～。

俺はそんな事を生まれてはじめて思いながら、また命の顔を盗み見るのだった。

次の日、午前中の仕事をこなした昼休み、私はまた実里に昨日の出来事を話していた。

「大夢君ってストーカーじゃないよね？」

「違うと思うけど？」

「……今日大夢君の元気がないってうちの部署の女の子達が話してたけど原因がヘビーすぎだろ？」

「そうだね」

「で、昨日は何を食べたの？」

「高級焼肉！」

実里はしょうが焼き定食に付いている味噌汁を飲み、言った。

「で、その後美味しくいただかれたの？」

「う、うん」

「イチャイチャしやがって」

　実里はしょうが焼きに箸を突き立てて言った。

　口調は何時もの事だが、今日は何だか態度まで荒々しい。

「実里さん、もしかしてダーリンと何かありました？」

「別に」

「嘘だね！　実里さんはダーリンと喧嘩したんだね！」

「……喧嘩じゃないし。ダーリンが出張中なだけだし…」

「今日呑みに行こ！」

「命、愛してる」

「私も愛してる！」

「ワイルドさんの方が好きなくせに」

　実里の言葉につい顔が熱くなる。

「可愛い顔するようになったよ」

「違、違うの……」

「ワイルドさんとラブラブなんだ」

「……近いうちにプロポーズしてくれるらしい」

「はあ？」

「プロポーズするって言ってくれた」

「……それって、いわゆるプロポーズじゃないの？」

「私もそう思った」

「チッ、自慢話か」

実里は豪快にしょうが焼きを口に入れた。

口がかなりモゴモゴしている。

「実里だって鈴木君と結婚するんだよね？」

「……」

「へ？」

「……呑みに行った時に話す」

「う、うん。解った」

その後何となく会話が無くなり私と実里は黙々としょうが焼き定食を食べた。


二人して定時に会社を後にして、居酒屋に着くと、実里が予約してくれた個室に通された。

「とりあえずビール二つと焼鳥盛り合わせ」

私が何時ものように注文をすると実里はゆっくりと頷いた。

とりあえずの注文に文句は無いらしい。

「で、実里は鈴木君と喧嘩中なんだったよね？」

「話聞いてなかったのか？　喧嘩したわけじゃない」

「じゃあ、どうしたの？」

実里は暫く黙った後、おもむろに切り出した。

「私もエロ下着試したいって思ったの！」

「試したの？」

「た、試した。その、新しく買って来て誘惑してみた……」

「それは、着たけど鈴木君は誘惑されなかったって事？」

実里は下を向いてぽつりと言った。

「された」

「へ？」

「されたくせに、怒られた」

「はぁ？」

意味が解らない。

私が首を傾げると実里は口を開こうとしたが、居酒屋の店員が注文品を届けにきて阻まれてしまった。

店員が居なくなると実里はビールを一気に半分ほど飲んでから言った。

「エロ下着買って、着て、誘惑したら、無茶苦茶激しくされた」

「お、おお〜！」

「それで、終わったら誰に入れ知恵されたって怒られた」

「実里様、それ、私とか言ってませんよね？」

「言った」

「おい～！　私が鈴木君から怒られたら私は立ち直れるか解んないよ～！」

実里はねぎまを食べてから言った。

「大丈夫。ちゃんと最初にけしかけたのは私だってのも言ったから……そしたら、また怒られた」

「面白がったりするから～」

「違う。そこは怒られてない。ダーリンが言いたかったのは命が成功したからって私も試したって事」

おいおい鈴木君、面白がった事を怒ろうよ。

「『それは、俺との行為に不満があるって事かよ』みたいな事言われて……」

「不満は無いんだよね？」

「あるわけないじゃん！　あの可愛い博彦(ひろひこ)のあの可愛くない——」

「言わなくて良いから！　どこが可愛くないとか考えたくないから」

実里はビールを小さくなめるように飲むと言った。

「ただちょっと何時もと違う事したかっただけだもん」

「実里可愛い！　乾杯～！」

私がジョッキを合わせると実里は顔を赤らめた。

「不満なんて無いから……ダーリンに会いたい～」

「出張中だっけ？」

「怒らせちゃった次の日に出張とかタイミング悪すぎ！　泣いても良いかな？」

「やっぱり喧嘩したんじゃん」

「違うもん！　怒られてるだけ！」

「……鈴木君も今ごろ後悔してると思うよ」

実里の目がうるうるしている。

私が知ってる鈴木君は可愛い見た目に似合わないドS。

実里の事になると半端ないドS。

実里にしか興味がなく、実里と仲良しの私が羨ましいらしい。

前に実里に気に入られてると思って調子に乗るなよって言われた事さえある。

あんなに実里の事が好きな鈴木君が実里と喧嘩したまま出張に出て普通でいられるわけがない。

「おし、鈴木君にメールを打ってやる」

「へ？」

「スマホ貸して」

「何するの？」

私は実里の鞄をあさってスマホを取り出すと実里の写メを撮ってメールを打った。

『実里が泣いてる。誰のせいだか解るよね？　泣かすなら鈴木君に実里はやれない。別れてくれないかな？　from ミコ』

メールを送信してから実里にスマホを返した。

実里が真っ青になる。

「わか、別れてって！　私別れたくない〜！」

「大丈夫大丈夫。実里が言ったんじゃないって事ぐらい実里のダーリンは解るから。ってか、実里のスマホから〝別れて〟ってだけメールしたとしても私の仕業だと思う人だって」

それぐらい実里の事好きな男だって。

それから数秒で実里のスマホが着信を知らせた。

「スピーカーにしてよ」

「う、うん」

実里はスマホをスピーカーモードにしてから電話に出た。

「もしもし？」

『ミコさんも居るんだろ？　スピーカーにしろ』

「してるよ」

『それで良い。ミコさんはまた俺の実里と呑みに行ってんのか？　俺が出張で実里に会えねえってのに羨ましいぞボケ！』

この人何言ってんだろ？

「実里の可愛いイタズラに目くじら立ててバカじゃないの？　別れた方が実里のためだと思うけ

ど？」

「命！」

『ふざけんな。実里は俺のもんだ。誰にも渡さん！　実里本人が嫌がったって手放す気はねえ！』

「ストーカー発言ですよ実里さん！」

『うるせー！』

こんなに気性の荒いやつのどこが良いのか解らないが、実里は泣きながら嬉しそうに笑った。

「ああ、実里がスッゴい可愛い顔してる」

『はぁあ～見るな！　減る！』

「ああ、可愛い！　残念ね～実里に会いたくても出張終わらないと帰って来れないんでしょ？　ま

あ、実里を泣かせるようなアホは暫く帰って来なくて良いけど」

『マッハで終わらせて明日には帰ってやる！』

「だって、良かったね実里」

「う、うん。ありがとう命、愛してる」

『こら！　実里、俺以外のやつに愛してるとか言ってんじゃねえ！』

「うん。ダーリンが一番好き」

『……そうか、なら明日会いに行くから待ってろよ』

「うん。ご飯作って待ってる」

ああ、実里可愛い。

実里は良い奥さんになるだろう。

女だったら言いたい言葉だろうな、ご飯作って待ってるって。私は言われたい方だけど。

「命？」

「ああ、実里は良い奥さんになるよ」

「バカ、プロポーズされたのは命でしょ？」

『お前プロポーズされたの？』

「されてない！　プロポーズするって言われたの！」

暫くの沈黙の後スマホから小さく聞こえた。

『それ、プロポーズと何が違うんだよ？』

うん。私もそう思う。

『てか、新しい男出来てたんだな』

「あんたの可愛い彼女がエロ下着着ろっていうから酷い目にあったんだからね！」

『……そうか』

「実里に謝りなよ」

『明日な』

私がとりあえず実里に笑って見せると、実里も何時ものようにニッと笑った。

ああ、私も葵さんに会いたくなっちゃう。

実里とベロベロになるまで飲んだ。

翌朝、二日酔いでボロボロになりながら定時に出社して仕事した私と実里を、誰か褒めてくれないもんだろうか。

第六章　プレゼン

今の私は無敵なんではなかろうか？

マリ●で言うところの目の付いた星にぶち当たった後の状態！

仕事もプライベートも充実している。

そんな私に絶対に譲れない仕事が舞い込んだ。

結構大きなスポーツ用品の会社の新商品ＣＭのコンペである。

先方が指名した二社のみのプレゼンによって、広告を請け負う会社が決定する。そのうちの一社に選ばれたのだ。

何故この会社の仕事が譲れないのかと言えば、そこが私の兄の勤める会社だからだ。

勿論、実家に今も居る兄ではない。

私の兄は二人。

長兄の魂（こん）、次兄の想（おもい）、その下に長女である私、要は三人兄妹ということだ。

一番上の兄は、つい先日、長期間の海外生活を終え帰国したばかりだ。

実は兄は、その会社の社長の娘と結婚している。逆玉の輿ってやつだ。兄は婿養子に入って、今の名前は蜂ケ谷魂と言う。

現在は、実力で掴んだ専務職を勤め、次期社長と言われていて下の兄と違って私の自慢である。

何時も優しく穏やかで、私の味方になってくれる上の兄、コンちゃん。

私が全力で甘えられる存在。

そんな兄の会社の仕事だし兄に恥をかかせないためにも張り切らないわけがない。

そして、週末は葵さんに会って癒される。

頑張れないわけがないのだ。


プレゼンの日、私の体調は最悪だった。

風邪をひいたみたい。

でも今日は金曜日だからプレゼンさえ終わったら葵さんに会えるから頑張ろう！

意気込んで先方の会社の会議室に入るとそこには予想外の、兄の姿があった。

聞いてない！

一気に緊張し、手が震えた。

「命？　平気か？」

「大丈夫」

プレゼンチームのメンバーである大夢が心配そうに私の顔をのぞきこむので、私は苦笑いを浮かべてそう答えた。

あの、うちのマンション前での一件以来、大夢とは気まずいままだったのだが、それを気にする余裕もないくらい、体調は最悪だった。

プレゼンが始まり、何とか手の震えを誤魔化してしっかりと私は進行した。


自信作だった。

だけど、相手の企画が強すぎた。

「専務の意見は……」

「僕は今回、口は出さないよ」

「そ、そうですか？　……では……」

結局負けた……体調悪すぎて頭が働かないけど、相手の作ったＣＭ案が良かったのは解った。

「岩渕、帰って反省会するか？」

部長の声に、ハイと答えて立ち上がろうとしたら、ふらつき、膝の力が抜けた。

「ミコ！」

兄の声にビクッと驚いてしまった。

「君はちょっと頑張りすぎじゃないかな？　ちゃんと体調悪いって言わないと駄目だよ」

兄はゆっくり私に近づくと私の頭をポンポンと軽く叩いた。

私の緊張の糸が切れ、同時に私の視界はぼやけて涙がこぼれた。

「コ、コンちゃん、気持ち悪い」

「え？　僕の事が？」

「違っ、吐きそう」

「え？　……は？　ま、待って！　トイレまで我慢」

「無理」

兄は慌てて私を抱き締めるようにしてから持ち上げた。

「今日の、スーツ高いから頑張ってくれよ」

冗談で気を紛らわそうとしてくれる、優しいコンちゃん。

「うん」

兄に抱えられて私はトイレに駆け込んだ。

女子トイレで背中をさすらせて本当に悪いと思った。

「は、蜂ヶ谷専務、大丈夫ですか？」

追ってきた、兄の会社の宣伝部社員らしき人が声をかける。

「スーツは守ったよ！」

「スーツじゃなくて」

「ああ、大丈夫だよ。ミコは何時も一回戻せば落ち着くから」

「そっちでもなくて」

「え？」

兄は天然だっただろうか？

「今、奥様がいらっしゃいましたよ」

「アリス？」

「はい」

まだキョトンとしてる兄。

事情を知らないこの人に、私の事を浮気相手かなんかのワケアリの関係だと思われてるなんて、微塵(みじん)も思っていないのだろう。

「何でコンさんは女子トイレに居るの？」

ああ、アリスちゃんの声だ。

「ああ、アリス。ミコが吐いちゃって」

「ミコちゃん？　大丈夫？」

「だ、大丈夫」

私の義理の姉となるアリスは滅茶苦茶可愛い女性。

二つ年上だが、私より年下にしか見えない彼女は、アリスという名前だがれっきとした日本人だ。

「ミコちゃん、私の家で休んでいきなさい」

「ごめん、ちょっと今日は……」

「「え？」」

今日は葵さんに会う日だから……。

兄と兄嫁の眉間にシワが寄る。

この二人私に優しすぎだよ。

「コンちゃん、薬持ってきて。バッグの中にあるから」

使い立てて申し訳ないなと思いながら、私はコンちゃんにお願いした。すると……。

「何も食べないで飲む気？　また吐くよ？」

「そうよ！　ミコちゃん家でお粥作ってあげるから」

夫婦そろっての反撃にあった。

「アリスちゃんありがとう。でも、今日はアリスちゃんの家に行くのは無理」

「ミコちゃん一人じゃ何も出来ないでしょ！　看病させて！」

可愛い可愛いアリスちゃんの言葉につまる。

「こ、コンちゃん、スマホも持ってきて、電話するから」

「誰に？　僕代わりにしようか？」

「あ～止めとく」

「何で？　男？」

「……」

「どんなやつ？」

「……」

「ミコ」

ああ、兄はシスコンじゃなかったはずだ。

葵さんは兄の知ってる私の好みのタイプではないし、兄は葵さんをどんな風に思うんだろ？　頭が働かない。

「ミコ」

観念して、私は口を開いた。

「……コンちゃんは、私がお見合いしたの知らない？　お父さんに土下座されて、お見合いしたの」

「見合いって、あの人はまたそんな……説教だな。で？」

「そのお見合い相手と今お付き合いしてて、今日も会うの」

兄は兄嫁と顔を見合わせて言った。

「「で？」」

で？　って言われたよ。

「ミコはいつだって男よりアリスの方が大事でしょ？　アリスが心配するから家でお粥食べて薬飲んでゆっくりしたら？」

コンちゃんが諭すように言う。

「そうよ！　ミコちゃんが心配！」

可愛い！　兄嫁可愛い！

「……でも」

「ミコ？」

「電話するから」

兄は苦笑いを浮かべて言った。

「解った。他の男と違うわけね」

流石、兄！

ニコニコ笑ってスマホを取って来ようとする兄を兄嫁が止めた。

「コンさん？」

「何？」

「先に話そうとしないでよ」

「何で？」

「ミコちゃんが嫌われたらコンさんのせいよ」

「そんな事ぐらいでミコを嫌いになるような男にミコをやると思う？」

「コンさんはいつからシスコンになったの？」

「……久しぶりに会ったからかな？」

「呆れた……ミコちゃんは私が見てるからスマホと薬持ってきて」

「……宜しく」

兄が女子トイレから出ていくとアリスちゃんはクスクスと笑った。

「コンさんずっとミコちゃんが変な男に捕まってないか心配してたのよ」

「……」

「今日のコンペだってミコちゃんの会社が参加するって知って、こっそりのぞくつもりだけだったのに、見つかっちゃってガッツリ出席させられちゃったみたい」

兄が私を気にかけてくれていて嬉しいが、今は気持ち悪い。

「アリス……ちゃん……私、彼に、会いたいんだ」

「好きなんだね」

「好き……コンちゃんより好き」

「じゃあ、大好きだ」

「うん」

私は辛いながらも、アリスちゃんに笑顔を向けた。

「アリスちゃんと、コンちゃんにもちゃんと紹介したい」

「ミコちゃんの彼氏に会うのはじめて！」

「うん。はじめて紹介したい」

「素敵な人なんだね」

「うん。いかついけどね」

「え？　……ミコちゃんいかつい人苦手じゃなかった」

「苦手でも好き……プチマッチョのとこも好き……」

「ミコちゃんプチマッチョ好きだったっけ？」

「嫌い……でも葵さんは……特別」

「そっか。ミコちゃん可愛い」

兄嫁はニコニコ優しく笑って私の頭を撫でてくれたのだった。

妹の大事な男

ミコは小さい時からがんばり屋で、僕の後をついてくる可愛い妹だった。

弟の想のやつはよくミコと喧嘩していた。

僕はそれを止める係。

ミコも想も僕の言う事をよく聞く良い子。

まあ、想は一度喧嘩でボコボコにしてから逆らわなくなったんだけどね。

ミコは僕にしがみついて泣くのが定番で可愛かった。

僕が結婚した時もボロボロ泣いていたミコは、僕の中では泣き虫で可愛い妹なんだ。

僕は結婚してすぐにロシアに行く事になった。

ロシアで五年、現地の有名アスリートに協力を仰いで開発してきた新商品の発売がいよいよ決まり、その宣伝を任せる広告代理店を二社の指名コンペで決めることになった。

選定に僕は関与しなかったけど、一社がミコの勤めている会社だったのでちょっとドキドキした。

もしかしたらミコが仕事しているところを見られるかも知れないって会議室をのぞくと重役達に捕まった。

会議室の椅子に座らされたところで入ってきたのはミコだった。

顔色が悪い。

緊張しているのかな？

何だかハラハラしながら見つめてしまった。

まるで小さい時のミコの学芸会を見に行った時みたいだ。

ミコのプレゼンは完璧だった。

けど、相手の企画もなかなか面白いもので、どっちも甲乙つけがたかった。

そうなると、僕は意見を控えざるを得ない。どちらの会社を推したとしても、私情を疑われることになるだろう。

幸いなことに、プレゼンに出席した我が社の人間は、僕とミコの関係を知らないから、彼らに任せることが公平だと判断した。結果として、ミコのライバル会社への発注が決まった。

その結果通達の時だった。

ミコはボーッとしていて何だか危なっかしく見えた。

ミコの上司がミコの肩を叩くとミコはゆっくり立ち上がり、ふらりとふらついた。

「ミコ！」

思わず駆け寄る。

話しかけると虚ろな目で僕を見た。

頑張りすぎだと言えば泣き出してしまった。

戻しそうだと訴えるミコを、僕は慌ててトイレに連れて行く。

ミコが辛そうなのを見るのは僕も辛い。

そのうち妻のアリスが来てくれて二人でミコを連れて帰ろうと考えた。

勿論妻はミコが大好きだから看病をしたがった。

けれど、ミコはそれを拒否した。

聞けば男と会う予定があるのだという。

ミコもアリスが大好きで、何時もなら男よりもアリスを優先するのに。

それだけ大事な男って事？　……ちょっと寂しくなったよ。

ミコが電話をかけたいと言うから、ミコをアリスにまかせて僕は薬とスマホを取りに会議室に向かった。

会議室では我が社の人間とミコの会社の人間が気まずそうにしていた。

そして、ミコの会社の人間の一人が僕に気がつくと詰め寄って来た。

「あなたは命の何なんですか？」

「君こそミコの何なんだい？」

「…………俺は命の……同僚です」

「……それは申し訳なかったね。実は僕はミコの兄なんだよ」

同僚という言葉の前の言いよどみの意図を、僕は読み取れたと思う。

「え？」

「同僚君、悪いけどミコの鞄貸してくれるかな？　今夜の約束のキャンセルを電話したいそうだよ」

だから僕も、同僚君の部分に意味ありげな力を込めてそう言った。

「みなさん、そういう訳なので命はこちらで預かります。みなさんはもうお引き取りください。本日はご足労をおかけしました」

フリーズする同僚君の手から鞄をひったくると、僕は踵(きびす)を返した。

鞄の中からミコが何時も薬を入れてるポーチを取り出す。

ちなみにこのポーチは僕のプレゼントだ。

スマホを探しているとスマホが鳴った。

漸く見つけたスマホには〝葵さん〟の文字。

葵さんってのが例の彼か？

とりあえず通話ボタンを押す。

『モシモシ命？　コンペどうだった？　お祝いか？　それとも残念会か？　どっちにしろ旨いもん食わしてやるぞ』

「悪いけど、ミコは今トイレでリバースしてるから、お粥ぐらいしか食えないんだ」

『……誰？』

「僕は蜂ヶ谷魂と言います。宜しく葵君」

『……命は大丈夫ですか？　そちらの場所を教えて下さい。迎えに行きます』

「ミコなら大丈夫。今僕の奥さんがついててくれてるから。ミコはこのまま家でゆっくりさせるよ」

『待って下さい。俺が看病するんで、場所を教えて下さい』

看病する気があるんだ。

『命と付き合う時、いつでも俺が命を甘やかすからって約束したんです』

「へ～。ミコの心を掴むのが上手いね」

『場所を教えて下さい』

何だよ、結構良い男じゃん。

ミコが他の男とは違うって言うだけあるかも？

「ちなみに君はミコのどこが好きなの？」

『……料理が出来ないところから始まって今は全部です。雰囲気から何から何まで好きです』

料理が出来ないところから……これは、逃がしたらまずいね。

「場所はね……」

僕は彼に会ってみたくなったんだ。


ロビーの商談スペースに置かれたソファーで、ミコを肩にもたれさせながら葵君を待っていると、
会社の前に渋い外車が止まった。

出てきた男はワイルドなイケメンだった。

慌てたようにロビーに入って来ると迷わずミコのもとに駆け寄ってきた。

「命、大丈夫か？」

「葵さん……」

ミコは彼を見るとニコッと笑った。

顔色は最悪だが、嬉しそうだ。

「命がすみません」

葵君は僕に頭を下げた。

「それは僕の台詞だよ。何時もミコが迷惑をかけているんだろ？」

「いえ、何時も癒されてます……」

「どうかした？」

「……あなたは、命が文句も言わずに寄りかかっていられるぐらい信頼をおける人って事ですよね」

どうやら僕の正体が知りたいみたいだ。

「安心して良いよ。僕はミコの兄貴だ」

「‼　……は、はじめまして河上葵と言います」

「葵君、君はミコの好みのタイプとはかけ離れている」

「……」

「でも、ミコは君が大好きみたいだ。君は僕のもう一人の弟になるの？」

「……なります。絶対に」

「そう、ならミコの事を宜しくね」

「はい」

僕が笑いかけると葵君はミコをお姫様抱っこして颯爽と去っていった。

あれは格好良いな。

男の僕でも憧れてしまいそうだ。

あんなに軽々とお姫様抱っこ出来るなんて……僕も少し鍛えないと駄目かな？

「ミコちゃん、コンさんより彼が好きなんだって」

そばで見ていたアリスが近寄ってきて、いたずらっ子のような顔でそう言った。

「アリス、やめて。僕が泣いちゃうから」

「プチマッチョなんだって」

「……僕も危なげなくアリスをお姫様抱っこ出来るように鍛えようかな」

「楽しみ！」

「まずは体力測定してどのトレーニングでどれだけ筋力付くか測定して……」

「もしかしてまた仕事～？」

アリスが不満そうに口を尖らせているのを見ながら、僕は次の企画の構想を練るのだった。

第七章　命の家族

命にかけたはずの電話から、聞き覚えのない男の声がした。

その男に命が体調不良でリバースしてると電話の向こうで言われた時、俺はかなり驚いた。

お前は誰だって思う事より、命の具合の方が気になった。

教えられた会社に命を迎えに行けば、彼女は男の肩にもたれかかっている。

俺に気づいて、無理して滅茶苦茶可愛い笑顔を向けた。

顔色は真っ青だし、体調が少しも良くない事がまる解りだ。

男はそんな命を見て、何とも言えない困ったような笑顔になった。

命は俺に笑顔を向けた時も男の肩に寄りかかったままだ。

そこには、前彼とか他の男とは違う信頼感があった。

聞けば彼は命の兄貴なんだと言う。

そういえば、お見合いの時に命は自分が作った料理を軍事兵器だと言う兄が居ると言っていた。

慌てて挨拶すると爽やかな笑顔でグサグサ来る言葉を吐かれた。

俺は命のタイプとはかけ離れているとかキツい。

だが、彼は俺を弟にしてくれるらしい。

ヤバイ。

マジで嬉しい。

何なんだよこの人、大人の余裕みたいな感じが格好良すぎる。

俺ももっと落ち着かねえと。

命の全てを包んでやれるような、包容力みたいなものを身に付けたい。

何だか憧れてしまいたくなるような命の兄から命を預けられ、抱えると車に向かった。

「葵さん」

「何だ？」

「高い車で……吐いたら……嫌だ」

「大丈夫。気持ち悪かったら袋あるから」

「でも」

「気にすんな」

「ごめん」

命は本当に申し訳なさそうで今にも泣き出しそうなそんな危うさ……というか儚さがあって、今すぐ抱き締めてやりたい気持ちになったが、グッとこらえて頭を撫でた。

「大丈夫だ。直ぐに家に着くからな」

「うん」

助手席に命を乗せて、俺は慎重な運転で俺の家に向かった。

命のスーツを脱がせてベッドに寝かせ、冷却シートをおでこに貼り、アイス枕を頭の下にしく。

「葵さん」

「大丈夫だ」

「ありが……とう」

「バカ、キュン死するだろが」

「えへへ」

熱に浮かされたような命は弱々しく笑った。

可愛いすぎる。

「キスしてぇ〜な」

「ダメ……うつっ……ちゃう」

「うつしたら治るだろ？」

「誰、が……看病……するの？」

「それは命だろ？」

「たいし……た……事、出来な……いよ」

命は困ったような顔をした。

「命が側に居てくれるだけで、俺はバカになれるからすぐ治る。バカは風邪ひかねえんだぞ」

「……バカ」

「…………だから、キュン死するって」

命の頭を撫で続けていると命はうつらうつらとして眠りに落ちていった。

「ゆっくり寝てろ」

滅茶苦茶可愛い命の寝顔は何時までも見ていたいぐらいヤバイ代物だった。

暫く眺めていたが、目が覚めたら命に何か食べさせねえとと思い、準備をはじめた。

お粥は椎茸出汁(だし)で炊いて、食えるかも解らないからスープも何か作るか？　白菜なら長く煮込めば食いやすいか？

林檎をすって蜂蜜かけたやつも食いやすいか？

命が早くよくなれば良いと思いながら、俺はキッチンに立っていた。

目を覚ました命にお粥を差し出した。

「ありがとう」

さっきよりはマシになっているみたいだが、まだ本調子ではなさそうでお粥もたいした量を食べられていない。

「すりおろし林檎もあるぞ」

「食べたい」

「持ってくる」

命は、すりおろし林檎も少しだけ食べて申し訳なさそうな顔をした。

「食べきらなくてごめんなさい」

「良いんだよ。元気になったらもっといっぱい作ってやるから、そしたらまた旨そうに食ってくれればそれで良い」

「うん。楽しみ」

命に薬を手渡すとニコッと笑われた。

可愛すぎ！

ゆっくりと薬を飲む命に水を飲ませて俺は命に笑顔を向けた。

「命は可愛すぎ、俺はキュン死するな」

「へ？」

「元気になったら滅茶苦茶抱きたい」

「それはちょっと……」

「抱く」

「……滅茶苦茶？」

「可愛すぎだ！　早く元気になれよ。立てなくしてやる」

「……」

「な！　早く元気になれよ」

「う、うん」

命は顔を真っ赤にして布団を口元まで引き寄せた。

可愛いすぎてヤバいな。

「立てなくなるのは嫌、だよ」

「無理、俺の理性はキュン死した」

「そこがキュン死するの？」

「もうした。命が元気じゃないから嫌われたくない一心で我慢してる」

「それが理性じゃないの？」

「嫌われたくないって本能だ」

命は目元まで布団を引き寄せた。

可愛い可愛い可愛い。

「ああ、本能までキュン死しそう」

「ね、寝ます！」

命はそのまま頭まで布団をかぶってしまった。

俺はそんな、みの虫状態の命を抱き締めてから食器を片づけにキッチンに向かった。

「早く良くなれ」

抱き締めた時耳元でそう囁くと、命は小さな悲鳴をあげ、体をビクリとさせていた。

ああ、いろんな感情がキュン死した。

俺は命が居ないとダメになるな。

俺はキッチンで食器を洗いながらニヤニヤするのだった。

目が覚めると私は葵さんに抱き締められるようにして眠っていたらしい。

葵さんは昨日から食事や着替えなど、私の看病をしてくれていた。

葵さん、疲れちゃったのかな？

葵さんの規則正しい寝息にまたうとうとしてきた。

「命、大丈夫か？」

突然声をかけられ意識が戻ってくる。

「大丈夫」

「そ〜か……どんぐらい触って大丈夫なんだ？」

「……キスぐらいなら？」

「じゃあ、キスしよう」

「う、うん」

葵さんは嬉しそうに笑うとゆっくり顔を近づけてきた。

ついばむようなバードキスの後に深く長いキスをされた。

「命、愛してる」

「キュン死！」

「可愛いな」

「キュ～ン」

「マジ可愛いな！　汗かいたろ？　着替えるか？　手伝うぞ」

葵さんが素早い動きで今着ている服を脱がしていく。

「て、手慣れすぎ！」

「昨日からずっとやってるし、純粋に着替えを手伝ってんだろ？」

「いや、胸触りながら言われても説得力ないから」

「ブラも要らないな」

「聞け！　私は病み上がりだから！　お風呂入ってないから！」

「俺は気にしない」

「しようよ！」

「……気にしない」

「して！」

葵さんは暫く黙るといった。

「もっかい」

「はい？」

「もっかい〝して〟って言えよ」

「そういう意味じゃないから！」

「そういう意味で言えよ」

「だから、病み上がり！」

葵さんは不貞腐れたような顔をしてみせる。

か、可愛い。

「あ、葵さん……」

「何だよ」

「私は、葵さんが大好きなの……だから、き、嫌いにならないで」

「……なるわけないだろ？　ぜってー俺の方が命を好きなんだ！　命を嫌いになるなんて俺の辞書には載ってねぇからな」

「……葵さん」

「何だよ」

「……して」

「……お前は～」

「今、葵さんに凄く触りたい」

葵さんは両手で顔を覆ってしまった。

耳が真っ赤だ。

「葵さん」

「する。するけど、とりあえず飯食ってからだな」

「大丈夫だよ」

「命の腹の虫は俺がヤル気満々の時にかぎって泣き叫ぶからな」

「も、申し訳ない」

「だから、先に鳴けなくしてやる」

葵さんはニシシッと笑った。

そんな事でもキュンとさせられてしまうからたちが悪い。

葵さんは私に軽いキスをしてからキッチンに向かった。

この人は私が内心悶えているなんて知りもしないのだろう。


葵さんの料理はいつだって美味しいけど、今日は白菜の中華スープがとくに美味しかった。

お粥と中華スープってどうなのかと思ったけどお腹いっぱい食べてしまった。

まあ、その後が大変だったわけだけど。

お風呂に入りたいって言ったら入れられた。

うん、入れられた。

のぼせてぐったりの私を葵さんは嬉しそうにお世話してくれた。

元々葵さんのせいだからお世話するのは当たり前だ。

「命の兄貴は格好良いいな」

「コンちゃん？」

葵さんは私をベッドに寝かせてから優しく抱き締めてそう呟いた。

「そう」

「兄貴はもう一人居るんだよ。コンちゃんは長男。お婿さんに入っちゃったけどね。下の想兄とは喧嘩してばっかりだけどコンちゃんは優しいから大好きな兄貴だよ」

「へぇ。俺は一人っ子だから羨ましい」

「……でも、もうすぐコンちゃんと想兄は葵さんのお兄ちゃんになるんだよ」

「……そうだな。命、第二ラウンドして良い？」

「だ、駄目！　本当に動けなくなっちゃうから」

「動けなくしたい」

「駄目！」

「命に触りたい」

「さっきいっぱい触ったでしょ」

「もっと」

「駄目！」

葵さんは不貞腐れた顔だ。

可愛いけどもう騙されない！

「も、もうちょっと元気になったらね」

「……絶対か？」

「う、うん」

「絶対なら我慢する」

何かまずい事を言ったかも知れない。

「は、話は変わるんだけどコンちゃんに葵さんをちゃんと紹介したいと思ってます」

「挨拶ならしたぞ」

「うん、でもコンちゃんの奥さんのアリスちゃんにもお世話になってるから。アリスちゃんとは会った？」

「いや」

「美人だからって惚れちゃだめだよ」

「バカ、命以上に俺が惚れられる女なんて存在しねえよ」

葵さんはまたニシシッと笑った。

ああ、そんな顔されたらキスしたくなっちゃうよ。

「命、キスして良いか？」

「へ？」

「命見てたらしたくなった」

心を読まれたかと思った。

「軽く、な！」

「う、うん」

葵さんの優しいキスにうっとりしてしまう。

葵さんはゆっくり唇を離すと言った。

「これ以上はヤバイな。歯止めがきかなくなる」

「葵さん好き」

「煽るなよ」

「だって好きなんだもん」

「……動けなくなったら俺が全部するから手加減無しに抱いて良いか？」

「だ、駄目！」

「煽った命が悪い」

葵さんは色気たっぷりの笑顔の後、私にキスの雨を降らせた。

もう色々凄すぎて、完璧に立てなくされたのは怒って良いと思う。


翌日、まだ気だるさは残るものの、私は葵さんと、コンちゃんの新しいお家に向かった。

まあ、呼び出されたと言う方が正解か？

「いらっしゃい。はじめましてアリスと言います」

「はじめまして、河上葵と言います」

「ふふふ、噂通りのワイルドさんね！　上がって！」

アリスちゃんのお出迎えに葵さんは緊張気味だ。

「葵君、良く来たね」

「お邪魔します」

コンちゃんはニコニコしながら葵さんをソファーに座らせた。

「わざわざ来てもらって悪かったね」

「いえ、こちらからもちゃんとご挨拶したいと思ってましたので」

葵さんの嘘つき。

「ミコはもう大丈夫？」

「え？　う、うん。大丈夫」

「……ミコ？」

「あら、コンさん、こんなに顔色良いのに疑ってるの？」

「いや、気だるげだから……」

「気だるくっても元気なら良いでしょ？」

アリスちゃんが助け舟を出してくれた。って事は、アリスちゃんには解ってしまっているらしい。

この気だるさが体調不良と別物だって事が。

「コンさんには後でちゃんと説明して泣かせてあげるから」

「僕、泣かないよ」

「ふふふ、そうかしら？」

アリスちゃんの可愛い笑顔にコンちゃんは苦笑いを浮かべた。

「まあ、元気なら良いけどね」

コンちゃんはアリスちゃんが出してくれた珈琲を一口飲んでから言った。

「ミコも前彼と仕事場が一緒じゃやりにくくない？」

あれ、何でバレてんの？　まさか大夢、何か余計なこと言ったのか？　……って、いや、そうじゃなくって。

「コンちゃん、何でその話からしようと思った？」

「純粋な興味」

「やりにくいかやりにくくないかで言ったら、やりにくくないよ。元々仕事の延長で付き合ってたようなもんだし……」

「あっちは未練ありそうだったよ」

「関係無いし、今は葵さんが居るから……」

思わず横に座る葵さんの顔を見るとニカッと笑われ、手をギュッと握られた。

「もし、葵君と付き合ってなかったらヨリを戻してた？」

「まさか！　戻さないよ！」

「何で？」

「アイツは私に仕事辞めてついてきたら、本場で料理の勉強が出来るって言ったんだよ！」

葵さんがキョトンとしている。

コンちゃんとアリスちゃんは深いため息をついた。

「まさかミコちゃんの地雷を二つも踏む人が居るなんてね」

「地雷？」

アリスちゃんの言葉に葵さんはまたキョトンとしている。

「タイプだけで言ったら、前彼の方がミコの好みかなって思ったけど無理だね。ミコもよく付き合ってられたね？」

「仕事の話ばっかりしてたし、料理しろなんて言われた事無かったから……」

「まあ、冷めるわな」

コンちゃんは苦笑いを浮かべた。

「葵君はそういう事言わない？」

「言わない！」

コンちゃんは葵さんに視線をうつすと言った。

「葵君はミコと結婚したらミコに家に居てほしくない？」

「……お見合いの時、命は趣味が仕事だって言ってました。趣味が仕事の人に家に居てくれって言うのは酷ではないですか？　命は俺の趣味が料理する事だって言ったら尊敬するって言ってくれたんです。お互いに趣味に口出ししない。そんな関係がかなり心地良いです」

「必要に迫られてじゃなく、料理が趣味？」

「はい」

「ミコ、良い男捕まえたね」

「でしょ！」

私がニヤニヤすると、コンちゃんは不思議そうに葵さんの方に視線をうつした。

私も葵さんの方を見るとアリスちゃんがマジマジと葵さんを見つめていた。

「アリス、どうしたの？」

「え？　ああ！　ごめんなさい！　葵君が着けてるアクセサリーが全部【gunjo】だったから気になっちゃった！」

「アリスちゃん【gunjo】好きなの？」

「大好き！　色んな雑誌とかチェックしてるはずだけど、これは見た事ない物ばっかり」

「こんな調子だから結構な数貢わされてるよ」

コンちゃんは呆れたように呟いた。

「それは、ありがとうございます」

「「へ？」」

「葵さんの仕事は【gunjo】のデザイナーです」

「「はぁ？」」

「これは試作品なので市場には出回らないんですよ。すみません」

アリスちゃんの目がキラキラしている。

「あ、葵君……お安く手に入らないかしら？」

「勉強させていただきますよ」

「コンさん！　買って良い!?」

「聞く態度じゃないよアリス。買う気満々じゃないか」

「えへへ」

アリスちゃんはコンちゃんに抱きつくと上目使いにキラキラビームを繰り出した。

「わ、解ったよ、買えば良いんでしょ」

「ありがとうコンさん大好き！」

コンちゃんが目の前でイチャイチャしてるのを見るのは、前は嫌だった。

でも葵さんと一緒だと、気にならないかも？

さっきから葵さんが手をつないでいてくれるからかな？

「命は？」

「へ？」

「俺のアクセサリーほしくないの？」

「一番大事なのもらってるよ」

「う〜ん。それはそれだろ？」

「でも、気に入ってるからこれで良いよ」

葵さんに自分の首に下がっているネックレスを見せた。

葵さんは不満そうだったが関係無い。

ジュエリーデザイナーをしているから葵さんを好きになったんじゃないんだから。

「ほしくなったら自分で買うよ」

「え？　いやいや、プレゼントするって」

「葵さんは色んなプレゼントしてくれてるのにまだする気？」

「え？　何か特別にあげたっけ？　ネックレスぐらいじゃね？」

「料理も作ってくれるし、看病もしてくれたよ」

「それプレゼントじゃねえから」

「え？　プレゼントだよ～」

私が笑顔を作ると葵さんは不満そうに言った。

「命には一点もので作るから待っとけ」

「え？　いいよ」

「駄目、命はモテるから俺のって証を付けとかないと心配」

な、何つう殺し文句なんだ！

萌える！

「良いな～ミコちゃん愛されてる！」

「アリス、その言い方だと僕が愛してないみたいだろ？」

「コンさんも私を一人占めしてくれる？」

「アクセサリーを大量に買わされる気配しか感じないよアリス」

「てへ！　ばれちゃった！」

ああ、コンちゃんがアリスちゃんとイチャイチャしているのを見てるのも微笑ましい。

「ああ、葵君とミコがイチャイチャしてるとモヤモヤするんだけど」

「え？」

「ああ、ミコも人のものになっちゃうんだね」

コンちゃんのしみじみとした言葉にアリスちゃんはクスクス笑った。

「それ、ミコちゃんが私たちの結婚式で言ってたのと同じ台詞よ」

「え？　そうだっけ？　仲良し兄妹だからかな？」

「きっとそうね」

私は仲良く笑い合う兄夫婦を見ながら、葵さんとこの二人みたいな仲むつまじい夫婦になりたいと思ってしまった。

◆◆◆

コンちゃんの家から車で帰る途中、私は葵さんの顔を見つめて言った。

「実家が近所なんだけど、せっかくだから下の兄にも会ってく？」

「え？　……行っとくか？」

「じゃあ行こう！」

私は道案内して葵さんを実家に案内した。


「ただいま〜」

実家の玄関を開けて声をかけるとパタパタとスリッパの音が響いてきた。

「お帰り〜ミコ、どうかしたの？」

「兄貴居る？」

「想？　居るわよ！　想〜」

お母さんは二階に向かって叫ぶと私を見た。

「何時も仲悪いのに今日はどうしたの？」

「ああ、彼氏を紹介しようと思って」

「……何で想に？」

「さっきコンちゃんに会って来たから流れで！」

「……」

お母さんは眉間にシワを寄せた。

「シワが増えるよ」

「何で！　お母さんもミコの彼氏見たい!!」

「え？」

ああ！　言われてみれば何故、想兄にだけ会わせようと思っていたんだ？

「お父さんは釣りに行っててもうすぐ帰って来るから上がってもらって！」

母の言葉に半開きのドアの向こうに居る葵さんを見た。

葵さんは緊張しているようで顔がひきつっている。

「帰る？」

「帰れねぇだろ」

葵さんが小さく呟いた。

うん。ごめん。

「お、ミコ！　何だ？　出戻りか？」

「兄貴、変な言い方しないで」

「嫁の話聞かせろよ」

今、私の嫁はドアを挟んだ向こうに居ます。

「連れてきた」

「！　見せて見せて～」

想兄がドアを勢いよく開けた。

葵さんがビクッと肩を跳ねさせたのが解った。

「か、河上葵です。命さんとお付き合いさせていただいてます」

兄がフリーズする中、母の黄色い悲鳴が轟(とどろ)いた。

「キャー格好良い！　お母さん、タイプ！」

「お母さんのタイプはどうでも良いよ」

「想も何か言いなさい！」

「全然ミコのタイプじゃねぇ！」

「煩い！　それに私のタイプなんて兄貴には言った事ないでしょ！」

「俺はコンちゃんと違ってお前がどんな男と付き合ってたか知ってんだぞ！　コンちゃんに似たタイプばっかりだったろ？　お前が選ぶ嫁だからきっと線の細い女みたいな感じかと……ちょっと待ってろ！」

想兄はバタバタと二階に上がりバタバタとまた戻ってきて私に何だか白い布の入ったセロハン包装の物を手渡してきた。

「嫁と言ったらフリフリエプロンだと思って買っておいてやったのに、こいつには似合わねえな！仕方ないからお前が着ろ、裸で」

私は躊躇わずにフリフリエプロンの入った包みを家の奥目掛けて蹴りあげた。

「あ〜結構高かったんだぞ！」

「要るか！」

「バカ野郎！　裸エプロンは男のロマンだろうが！」

「知るか！　変なもん押し付けんなバカ野郎！」

「お前が要らなくてもお前の嫁はほしいに決まってんだろうが！」

「葵さんを巻き込むんじゃねぇ！　お母さん兄貴の顔面殴って良いかな？」

「おふくろ！　ミコにバックドロップくらわせて良いか？」

「どっちも駄目よ！　恥ずかしいから喧嘩は後にしてくれる？　アオ君ビックリしてるわよ」

葵さんの方を見ると完璧にフリーズしていた。

私と想兄は何時もこんな感じだ。

確かに、慣れていない人には酷い兄妹だろう。

「アオ君上がって！　この二人はこう見えて仲良しなんだから気にしないで良いのよ」

「いや、でも」

葵さんの動揺が半端ない。

「アオ君とやら！　君にこれを授けよう！」

アホな兄がいつのまにか拾ってきた、さっきのフリフリエプロンを葵さんに手渡していた。

「巻き込むなって言ったでしょ！」

「アオ君が義理の兄からの最強アイテムを拒否するなんて選択肢は存在していない！」

「呪いのアイテム～！　葵さん受け取ったら駄目！　呪われちゃう！」

私の叫びも虚しく葵さんの手に呪いのアイテムが握られた。

葵さんは呪われた。

「あ、ありがとうございます」

「ミコはスタイルだけはまともだから似合うと思うぞ」

「スタイルだけって～、殺す！　お前は生かしておかない！」

「望むところだ。返り討ちにしてやる」

我が家の喧嘩は格闘ゲームによる代理戦争と決まっている。

私が家に上がると、リビングでは兄がすでに舞台のセッティングを素早く完了させていた。

「いざ勝負！」

「俺に勝とうなんざ百年早いという事を思い知らせてやる」

私たちが格闘ゲームを始めると、後ろでお母さんが葵さんを連れてリビングに入ってきた。

「貴方達はお客様をほったらかしにして」

「おふくろ、男には戦わなければいけない時があるんだ」

「私は女なんだけど……くらえ！　そして死ね！」

「卑怯だぞ！」

「油断する奴が悪い～。葵さんごめんなさい。直ぐに息の根を止めるので待ってて下さい」

「毎日トレーニングを重ねている俺に勝てると思うなよ！」

ごめんなさい。

バカな兄妹でごめんなさい。

まあ、結果は私の勝利でした。私、兄貴にゲームで負けた事がないのです。

「葵さん本当にごめんなさい」

「いや、いい、いい。命が楽しそうで良かった」

「何かマッタリしてます？」

「お母さんと話してた」

「お母さん何か変な事言ってないよね？」

お母さんはニコッと笑うと言った。

「え？　子供の時に男の子達から親分って呼ばれてたとか？　痴漢をフルボッコにして過剰防衛でお巡りさんに怒られたとか？　変質者の股関蹴りあげてＫＯしたとかは言ってないから安心して！」

「今言ったら一緒！」

「えへ！」

「葵さん、今のは聞かなかった事にして」

「無理だろ」

「忘れて〜」

葵さんは嬉しそうに笑った。

何でそんな顔するの？

「葵さん、何を聞かされたの？」

「それは私とアオ君の秘密よ！」

「お母さんが私に有利な話をしてる気がしない」

その時、玄関の開く音がした。

「ただいま母さん、結構釣れたぞ……ミコ帰ってたのか？」

そう言いながらリビングまでやってきたお父さんは、葵さんを見て一瞬フリーズした。

「……どちら様？」

「こちら、ミコの彼氏」

「！」

お父さんがアワアワし始めた。

「あ、あれか？　娘さんを僕に下さい的なあれか！」

「あ、いや、今日はそういう事では……」

「やっぱり！　ミコみたいなのは付き合えても結婚は無理か〜」

「あ、嫌、結婚したいと思っています」

「じゃあ！」

「いや、あの、まだ本人にまともなプロポーズもしていないのに親御さんに挨拶するのは違うと思ってまして……」

うん。葵さんごめん。

「ミコ！　やったな！　お嫁さんが来てくれて」

「お父さん、何から突っ込めばいい？　まあ、とりあえず落ち着け」

「ミコ〜」

「うん。落ち着け！」

私は完全に顔のひきつった葵さんを見て言った。

「葵さん、何かごめん。こんなのが私の家族です」

葵さんは私を見ると苦笑いを浮かべた。

「アオ君、ご飯食べていきなさい！」

お父さんは上機嫌で言った。

「そうだそうだ！　親父が魚さばくから食ってけよ」

「ご迷惑では？」

「ないない！　食べてって！　アオ君みたいなイケメンとご飯食べれるなんてお母さんテンション上がっちゃう！」

お母さんが一番嬉しそうで何か嫌だ。


結局夕飯はお父さんが作った。

まあ、魚の時はお父さんが作るのが我が家の習わしだから珍しくもない。

「……旨い……」

葵さんは何だか不思議そうな顔だ。

「どうしたの？」

「いや、味を分析している」

「レシピ聞いたら？」

「いや、こう言うのは秘伝の何かがあるに違いない」

「どうした～？」

台所にいたお父さんが戻ってくるなり聞いてきた。

「お父さん、これどうやって作るの？」

「……お前、聞いても作れないだろ？」

「葵さんが作ってくれる」

「レシピ、メモするかい？」

「良いんですか？」

「いいよ！　書いてくるから待っててよ！　想！　僕の分食べたら踵落としするから！」

「……うっす」

お父さんが居なくなると想兄が呟いた。

「アオ君、親父はああ見えてコンちゃんと一緒で強いから逆らわない方が良いよ」

「信じなくて良いよ！」

「ミコは親父の恐ろしさを知らない！　否、真に最強なのはミコかも知れない！　親父に土下座させてたもんな」

「人聞きが悪すぎるんだけど」

「親に土下座って！」

「お父さんが勝手にしたんであって、やらせたんじゃないから」

葵さんがキョトンとしている。

「書いたよ～どうした？」

お父さんは戻ってくると不思議そうに首をかしげた。

「親父がミコに土下座した話」

「ああ、お見合いしてもらうためにね！　ミコ嫌そうだったから土下座したら止めてほしくてお見合いすると思ったんだよね」

「うん。土下座は効いた。お見合いしたもん」

「でも、その土下座のおかげで、俺は命と出会えたんですね。お父さん、あなたは俺の恩人です！」

葵さんの言葉に、一瞬キョトンとしたお父さんはポツリと言った。

「君が、あのお見合いの相手だったのか」

あれ。……そうだよ、よく考えたらおかしいよ。

「ちょっと待って、お父さん。お父さんが勧めたお見合いなのに、なんでお父さんは葵さんの顔知らないの？」

「いやだって、どうせ行けばいいだけのお見合いだと思ってたし、まとまるはずがないだろうと思って、釣書も見てなかったんだよ。でも命だって、ホテルのご飯は旨いって言ったから行く気になってくれたんだよね？」

お父さん！　バラすな‼　葵さんは呆れたような顔で私を見ると言った。

「食いしん坊」

「そうだよ！　もう食いしん坊で良いよ」

私がシュンとすると葵さんは私の頭を撫でてくれた。

「イチャイチャすんなよ」

「羨ましかったら彼女作んなよ」

「うっせえ！　毎回フラれんだから仕方ねえだろ！」

想兄は家の横に住んでる幼馴染みに片想い中である。

中学生の時からずっと告白してはフラれる、を繰り返している想兄は格好いいと思っている。

「なっちゃん元気？」

「後で来んじゃん？」

「なっちゃん呼んでこようか？」

お母さんも乗ってきた。

「そのうち来んだろ？」

なっちゃんこと梶原南都子（かじわらなっこ）はクール系の女性。

美人ってほどじゃないけど立ち居振舞いが美しい。

なっちゃん憧れます。

「おばさん～夕飯食べた～？」

すると案の定、玄関から元気な声が聞こえてきた。

「なっちゃん、ミコの彼氏が来てるのよ！」

言うに事欠いて、何て呼び込み方をするのですか、お母さん！

「へー」

なっちゃんが現れると葵さんが緊張したのが解った。

「ヤバ。マジ好み。ミコちゃん良い男じゃん、ちょうだい」

葵さんを見るなり、なっちゃんが興奮気味にまくしたてた。

「ナツ！　お前こーゆうのがタイプなのかよ！」

想兄が少しムッとする。

「何やってもお前は好みじゃない」

「何でだよ」

「何でだろ？」

「なら、付き合ってくれよ」

「うん。無理」

「何でだよ～」

なっちゃんはお父さんの横に座るとお母さんが出してくれたご飯を食べ始めた。

「葵さんって言うの。それにあげないよ」

「残念。コンちゃんは知ってるの？」

「うん」

「コンちゃんが良いって？」

「うん」

「じゃあ結婚するんだね。結婚式には良い男呼んでね」

「……ごめん。私の知り合いは良い男居ない。葵さんの知り合いに良い男いる？」

「妻子持ちばっか」

「役立たず」

なっちゃんは酷いと思う。

それでも想兄は彼女が好きなんだ。

ドMなんだろうか？

まあ、好きなんだから仕方ないよね。


帰り道、葵さんはぐったりしていた。

「葵さん、何かごめんね。濃い家族だったでしょ？」

「いや、楽しい家族だろ？　俺の家は普通だぞ」

「会わせてくれる？」

「当たり前だろ。ベルギーに居るから今度連れてく」

「それ、普通じゃないんじゃ……」

私の家族の感想を喋り続ける葵さんにそのままお持ち帰りされるなんて、その時の私は気がついてなかったんだ。

男が憧れる男

俺、鈴木博彦の仕事は某百貨店の企画営業だ。

イベントやキャンペーンの企画を立案し、ものによっては一年以上の時間をかけてミーティングや会議を重ね、成功させることが俺の業務だ。

今は、来年の夏に向けた企画を思案している。

「女って何が好き？」

この間、彼女である実里に聞くと呆れたような顔をされた。

「私はダーリンだけど、世間一般で考えれば光り物じゃん？」

「光り物か〜、俺以外の奴らも考えてそう」

「今だったら……【gunjo】あたりとタイアップ出来たら死にそうなぐらい売れるよ」

「マジで！」

さっそく翌日の会議で提案したらボロクソに言われた。

「【gunjo】のオリジナルデザイン・ジュエリーなんて誰もが考えんだよ！　そんなオファーが通ったら苦労しねえよ！」

試しに電話をかけたが取り合ってもらえなかった。

「全然相手にされなかった」

帰ってから実里に愚痴ると、実里はニコニコしながら言った。

「ダーリンのためだから、会ってもらえるように頼んでもらってあげる」

「は？」

【gunjo】のデザイナーに伝手があります」

「は？」

「駄目だったらごめんね」

「いや、絶望的だったものに光が射したって事だろ？」

「期待しすぎないでね。私自身の知り合いじゃないから」

「ありがとうな実里」

実里は本当に可愛い顔で笑ったんだ。


そして今日、土曜日。指定された渋い喫茶店でアイスコーヒーを頼み、ガムシロとミルクを入れてストローでグルグルかき回し、口にすれば明らかにシロップを入れすぎたのが解った。

完璧に緊張している俺の前に現れたのはワイルドなアゴヒゲの似合うイケメンだった。

「鈴木さんでしょうか？」

「は、はい！」

「自分は【gunjo】でデザインを手掛けています、河上葵と言います」

名刺を出してくれた河上さんに俺も慌てて名刺を手渡した。

なんだこの人、超格好良い！

「お話とは？」

「あ、あの……」

緊張から喉がカラカラで、俺は甘いアイスコーヒーを飲んでから言った。

「わ、私どもの百貨店の、来夏のキャンペーンのメイン企画で、ジュエリー部門の目玉として御社のオリジナルデザイン・ジュエリーを製作・販売したいと考えておりまして、今日はそのご相談にまいりました」

「……すみません。うちは俺がほぼ一人で作ってるので、数を大量に作る事が出来ないんです。現在もジュエリーショップ数店舗に数点ずつ置いていただくのがやっとな状況で。とても百貨店のような大手とお取引できる規模ではありません」

河上さんは本当に申し訳なさそうに言ってくれた。

それは納得出来る理由だ。

「も、もし、河上さんがお嫌でなければの話なのですが、【gunjo】とうちのコラボレーション商品の形で、河上さんにデザインを考えていただいたものを、弊社のルートで生産する、というのは出来ない事でしょうか？」

「……」

河上さんが悩み始めると、何となく俺は冷静になってきた。

「あ、あの、無理なら大丈夫です。御社のご都合やご事情も考えない勝手なお願いですので。わざわざお時間をいただいて、話を聞いていただけただけでもありがたかったです」

そこまで一息で言った後、意を決して俺は別の事を切り出した。

「……あの、失礼ついでに伺っても良いですか？」

「何でしょう？」

「個人的に河上さんに仕事を依頼する事は可能ですか？」

【gunjo】は付き合いだしてからはじめて実里が口にしたジュエリーブランドの名前だ。

実里はアクセサリーの類いをほしがった事がない。

そんな実里がはじめて話してくれたジュエリーブランドが【gunjo】だ。

「個人的にですか？」

「勿論費用にもよるんですが……実は……結婚指輪を用意したいと考えていまして……」

河上さんは物凄く驚いた顔をした。

「実は、プロポーズしたい人が居まして！　彼女を喜ばせてあげたくて……」

河上さんは困ったように笑った。

「すみません。無理ですよね」

「ああ、すみません。そうじゃなくて、他人事じゃないと思っただけですよ」

「他人事じゃない？　え？」

「自分もプロポーズしたい人がいて、今は指輪のデザインを中心に考えているんですよ」

河上さんは持っていた革製のシンプルなデザインのビジネスバッグからスケッチブックを出すと

俺の前に置いた。

俺はそれを受け取り、許可を得るように頭を下げてから見せてもらった。

凄い!!

ジュエリーには疎い俺が見ても、ため息が出そうな魅力的なデザインばかりだった。

全部のデザインを見てから俺は気に入った月桂樹の巻きついたようなデザインのペアリングのページをもう一度見直した。

このデザインなら、結婚が勝利のようで良い。

「月桂樹ですか?」

「あ、はい。これ良いですね」

いつまでもそのページを眺めている俺に、河上さんが声をかけた。

「じゃあこれをお作りしますよ」

「へ?」

わけが解らず驚いている俺の手からスケッチブックを受け取った河上さんは、パラパラとページを捲った後、俺に一つのデザインを見せながら言った。

「それから……この竹のデザインは細工がシンプルなので、そちらの職人さんも作りやすいと思います。どうですか?」

何を言われているのか解らず呆然とする俺に河上さんはニッと笑った。

「ああ、でも結婚指輪の前に婚約指輪も必要かな?」

「え？　……婚約指輪……」

「お安くしておきますよ」

「マジか……」

俺が小さく呟くと河上さんはニヤッと笑った。

「マジだよ。俺もプロポーズ仲間が居ると心強いしな」

急に砕けたしゃべり方になる河上さん。やっぱり格好良くて憧れる。

「河上さんは格好良いですね」

「へ？　そんなおだてても何も出ねえよ」

「いや、俺は女顔で私服で彼女とデートしてると普通に男にナンパされるし……河上さんに憧れるって言うか」

「何で？　鈴木君は彼女のためにプロポーズ頑張ろうって思える格好いい性格してるだろ？」

河上さんはニカッと笑った。

やべえ、この人格好良すぎる。

「河上さん、ありがとうございます」

「ちゃんとした契約はまた後でな。そろそろ次の待ち合わせの時間なんだ」

あっさりとそう言う河上さんに、俺もつい口を滑らせてしまった。

「は、はい俺も彼女と待ち合わせしてます」

「そう？　じゃあ一緒に出ようか……ってか、どこまで？」

「駅です」

「なら乗っけてくよ」

「へ？」

「俺、車だから駅まで乗っけてく」

何から何まで格好良い!!

「ありがとうございます」

出会ってほんの数時間で、河上さんは完璧に俺の憧れの人になってしまった。

第八章　好きと言う気持ち

助手席の横顔をチラッと盗み見た。

命の頼みで今日はじめて会ったが、鈴木君は可愛い。

車に乗せて行ってやろうと駐車場に案内すると、俺の車を見るなり目を輝かせて『かっけ〜』って言ってた。

見た目は線の細い綺麗系で、女性と見間違えそうだが、スーツ姿だから男性だと解る感じだ。

そういえば聞きそびれていたけど、命と鈴木君はどんな関係なんだろう？　命も友達の知り合いとしか言ってなかったが……。

そんな事を考えながら、俺の口からは全く別の質問が飛び出していた。

「鈴木君の彼女はどんな人？」

「ああ、面白い事が好きで口の悪い可愛い人です」

「……口悪いんだ」

「はい。普通に殺すぞとか消えろって言われます」

それはどうなんだ鈴木君。

「でも、俺相手だと顔真っ赤にして言うから可愛くて仕方がないんです」

「のろけられた」

「いや〜すみません。河上さんの彼女さんはどんな人ですか？」

命はどんな人だろう？

「……格好良くて可愛いかな？」

「のろけられる予感がします」

「いや、しっかり者なんだけどたまにおっちょこちょい？　……食いしん坊」

「何すかそれ？」

「いや、一言で言うと食いしん坊だな？　スッゲー良い雰囲気の時にかぎって腹が鳴る」

「面白い人っすね」

鈴木君はニコニコしてそう言った。

「面白さで言ったら君の彼女には負ける気がする」

「いやいや、河上さんの彼女さんの方が面白いっす」

何だか可笑しくなって二人で笑ってしまった。


駅に着くと鈴木君を降ろして、駅近のコインパーキングに車を停めた。

駅まで戻ってみると、鈴木君と命が話している。

鈴木君の表情は険しい。

「好き……み……と………」

途切れ途切れに聞こえる鈴木君の声に驚いた。

何の話をしてるんだ？

「あの二人は何時もああなんですよ」

突然真横から声がして更に驚いた。

「はじめましてワイルドさん！　いや、葵さん」

「えっと……どちら様？」

横に居るのは茶色の髪の毛に茶色がかった黒い瞳の女性。

柔らかそうな髪の毛はショートボブで、綺麗というよりは可愛い雰囲気の女性だった。

「私の名前は大熊実里です、よろしく。いや〜写メで見るより男前！　ちょっと生で腹筋見せてもらえません？」

「えっ？　ちょ！　待った！」

大熊さんは何故か俺の服をめくろうとしてきた。

「実里！　葵さんに何やってんの！」

命が慌てたように俺達の元へ駆け寄ってきた。

「割れた腹筋を見せてもらおうと思って」

「せめて室内にしなさい！」

怒るところはそこじゃないぞ！

「あんたは怒るとこそこかよ！」

鈴木君、同意見だ！

「ってか、実里！　お前はまたミコさんとデートしてやがったな！」

「怒らないでよダーリン。命もダーリンが来るまで暇だったんだから良いじゃん」

「実里はミコさんとばっかりイチャイチャするじゃんか！」

「ダーリンとの方がイチャイチャしてるでしょ。命とはヤれないんだよ！」

彼女のあけすけな物言いに、命は慌てている。

「実里、止めて。駅前で変な事言わないで」

どうやら命の友達というのが大熊さんで、その彼氏が鈴木君のようだ。

漸く状況が解ったような気がする。

「命、友達？」

「親友の実里です」

「命にエロ下着を無理矢理買わせた親友の実里です！」

ああ、と俺は合点がいった。

「……その節はありがとうございました」

「いえいえ」

俺は恩人に深々と頭を下げた。

「そうだ、皆でご飯食べに行こうよ。お昼だし」

命が早速食いしん坊な発言をする。

「命、さっきサンドイッチ食べてなかった？」

「パンは消化が早い」

「おい……河上さん……食いしん坊ってミコさんの事ですか？　この女子力？　何それ美味しいの？　って女のどこが良いんですか？　河上さん目を覚ましてください!!」

命は綺麗に鈴木君の脇腹に蹴りを入れていた。

鈴木君が腹を押さえてうずくまった。

「私の女子力が鈴木君並みなのは解ってるよ！　しかも、顔面偏差値は鈴木君の方が高い事だって知ってるよ～。くそ、可愛い顔しやがって！」

「可愛い顔言うな！」

「命に嫉妬してて可愛いよ」

すかさず大熊さんが茶々を入れた。

「いや、それは……」

どうやら鈴木君は大熊さんに尻に敷かれているらしい。

何だか微笑ましい。

「飯行くか！　奢るぞ」

「葵さん好き～」

命は嬉しそうに俺に抱きついた。

俺もこんな事で幸せ感じてしまってちょろい男だと解っている。

何だか困惑気味の鈴木君とおおはしゃぎする大熊さんに笑顔を向けて、俺はおすすめの店を目指して歩き出したのだった。

葵さんは本当に色んな店を知っている。

「河上。今お昼なんだけど」

「おう。飯食いに来た」

「……個室使え。メニューは任せろ。それが条件」

「ああ、それで良い。四人な」

「あいよ！　……美人ばっかりはべらせやがって」

店のオーナーさんだと思わしき男の人に言われて葵さんはニヤッと笑った。

鈴木君も『美人』のうちの一人だろうか？　スーツ姿だけど。

「俺の婚約者とその友達とその彼氏」

「え？　お前いつの間に婚約なんて……何人の女が泣くか解ってんの？」

「誤解されそうなワードは止めろ」

「しかも滅茶苦茶美人。滅びろリア充」

葵さんは豪快に笑うと勝手に店の奥に向かった。

オーナーさんは暫くするとパスタを持ってやって来た。

「茄子とモッツァレラチーズのクリームパスタだぞ～。こんなんしか出せなくて悪いな！　もっと早く連絡すれば祝ってやったのに」

オーナーはパスタを置くと葵さんの頭を小突いてから部屋を出ていった。

何やら仲良しだ。

「鈴木君の話からすると、大熊さんは命とよく出掛けるんだ？」

「はい。葵さんはエロ下着は何色が好きですか？」

実里は質問内容を無視して、自分の興味を満たそうとしている。

「実里、セクハラだよ」

「葵さんに？　それとも命に？」

「私に！」

「ならセーフ」

実里はニヤッと笑った。

いや、セーフじゃないから！

「俺は中身が命なら何でもグッと来るけど脚が出てると嬉しい」

いや、葵さんも答えなくていいから！

「ほうほう……じゃあ命、次は何買う？」

「買う前提で話すの止めろ！　鈴木君に怒られてシュンとしてたくせに」

「命、黙れ殺すぞ」

「返り討ちにしてくれる」

思いっきりメンチを切りあう私達を無視して鈴木君はパスタを食べはじめている。

「河上さん、このパスタ滅茶苦茶旨いっすね！」

「君は無視するんだ」

「コイツらをかまうと面倒なんでほっといて大丈夫です。どんなに口論しててもムカつく事にコイツらは仲良しですから」

鈴木君は綺麗にフォークにパスタをクルクル巻きつけて口に運んだ。

「鈴木君食べるの上手いな。いろんな店に連れていきたくなるよ」

「葵さん、浮気だ」

「は？」

「鈴木君が可愛いからってご飯に誘うなんて……私に飽きちゃったんだ」

葵さんはニッと笑うと言った。

「命には俺が作ってやるんだから違うだろ？」

そのニッとした笑顔、好きなんだよ。

私はもしかしてチョロいのかも知れない。

「命の好きなもの作るから機嫌直せよ」

「う、うん」

私がつい頷くと実里と鈴木君がハモって言った。

「「チョロッ」」

……見透かされていたらしい。

「い、いいでしょ！」

「ミコさんが男相手にそんな顔するとは、ミコさんもやっぱり本気で好きになった男相手だと女なんだな」

「命だけじゃなくて女は皆そうだよ」

「実里もな」

「調子に乗んなよ」

実里は顔を赤らめながら鈴木君を睨み付けた。

「鈴木君が言ってた通りだな」

「ああ、あれは秘密で」

「了解」

何か鈴木君と葵さんが仲良しすぎじゃなかろうか？　ちょっとジェラシー。

「葵さん、鈴木君には手料理振る舞っちゃ駄目だからね」

「俺の料理は命専用な」

「う、うん」

やっぱり私はチョロい。

葵さんは嬉しそうにニコニコ笑った。

「命ならこの紫色のエロ下着も似合いそう」

何してるのかと思ったら、実里は携帯でエロ下着を検索して私に見せてきた。

「実里、まだその話引っぱるの？　……いや、これは鈴木君が似合うよ」

私がそう言うと、実里は思案顔になる。

「……そうかも、ポチって良いかな？」

「駄目に決まってんだろ」

鈴木君はシラケた顔で止めた。

鈴木君は美人だ。

綺麗なお姉さんって感じだから、紫色が似合う。

「なら、葵さんは？」

「実里、笑っちゃうから」

「男性用のエロ下着ってあるのかな？」

「……調べよう」

私と実里は気になって調べてみた。

「「ヤバイ！　グロい」」

私と実里は速攻でサイトを閉じた。

「エロ下着は女性の特権じゃないかな？」

私の言葉に実里は大きく頷いた。

「見て解った。男性は変な事しない方が美しい」

実里と私は何だかんだで思考が似ているのかも知れない。

「命はフリフリエプロン着るんだろ？」

唐突に葵さんが私たちの会話に参加してくる。

「呪いのアイテムは蹴り上げます」

「あの蹴りは綺麗だったな」

「葵さんが着れば良いでしょ！　もらったのは葵さんなんだから」

「あのクソ兄貴の事は忘れて良いから」

「想さんの親切を……」

「面白い人だったぞ」

「最悪の兄貴だから」

葵さんは楽しそうに笑った。

「河上さんはもうミコさんの家族に挨拶に行ったんですか？」

兄貴というキーワードに反応した鈴木君が探りを入れてくる。

「いや、そういうつもりじゃなかったんだけどな………何か、嫁に行く感じになった」

「はあ？」

「命の家族は皆俺を嫁扱いする」

「怒って良いと思いますよ」

葵さんはニッと笑うと言った。

「いや、何か面白かったから嫁でも良いかと思ってさ」

そ、そうなの？

葵さんは、いたずらっ子のように笑って見せた。

葵さんが何だか可愛くて私がフリフリエプロン着ても良いかもって血迷った事を考えてしまったのは内緒だ。

その日、私と葵さんは待ち合わせをしていた。

何時もだったら葵さんが会社まで迎えに来てくれるが、今回は〝待ち合わせ〟を楽しむために会社と葵さんの家の間位にあるこジャレたカフェで待っていてもらう事にしていた。

急いで会社を出て目的地に着くと、通りに面したガラス窓を背にした席に葵さんが見えた。

ガラス越しに葵さんをのぞきこむと、ノートパソコンで何か作業しているようだ。

まさか、エロい何かを検索しているんじゃないよね？

気になって更にのぞきこむと、ノートパソコンに映し出されているのは私が使っているのと同じ銘柄のスキンケアセットだった。

何見てんだろ？

お肌が気になるお年頃か？

私は軽くガラス窓を叩いてみた。

コンコンッと軽い音に葵さんがビクッと肩を跳ねさせたのが見えた。

何怯えてんの？

私が店に入ると葵さんはすでにノートパソコンをしまった後だった。

「スキンケアするの？」

葵さんが珈琲を飲もうとしているとこに、直球を投げてみた。

葵さんは盛大にむせた。

何故そんなに動揺する？

「あ、秘密にする気？」

不思議に思いながら葵さんを見つめていると葵さんは気まずそうに視線をそらした。

「いや……たぶん、引くと思う……」

「え？　気になるんだけど」

葵さんは暫く黙ると言った。

「とりあえず、車に行くか」

葵さんは残りの珈琲を一気に呷ると私の手首を掴んで歩き出した。

車に乗ると葵さんは深いため息をついた。

「言わなきゃ駄目か？」

「うん」

「きっとドン引きだぞ」

「早く言う！」

葵さんは渋い顔をした。

「……俺は命が好きだ」

「何？　あらたまって」

葵さんはハンドルに額を乗せて、顔を伏せたまま呟くように続けた。

「好きだから、一緒に居たいんだ」

「うん」

「……だから……命が家に入り浸ったら良いと思った……前に泊まった時持ってきてたろ？　スキンケア用品」

「それが？」

「……俺の家にあったら楽だと思わないか？」

表情は見えない。でも、葵さんの耳が赤く染まっている。

要は、私がお泊まりしやすいようにって事？

「恥ずかしいついでに言うけど、俺が金出すからこれからは服買うなら同じの二着買って、俺の家にも一着置いておけば良いとか気持ち悪い事考えてる」

ハンドルに頭を打ち付けはじめた葵さんが可愛い……でも痛そう。

「ペアグラスすら買ってしまう自分が怖い……ごめんな、気持ち悪くて」

「う〜ん。でも、嬉しいよ」

「え？」

「たぶん……今までだったら、彼にそんな事言われたら、気持ち悪いし近寄るなって思っちゃっただろうけど……」

葵さんは勢いよく私の方に顔を向けた。

さっきまで赤かったのが嘘のように顔色が悪い。

「葵さんのは……嬉しい……葵さんの家に私の私物が増えていく……」

葵さんは呆然と私を見つめていた。

「葵さん……早く結婚したいね」

葵さんは一気に赤く染まった。

「命が可愛すぎて辛い」

葵さんは赤い顔を見られたくないみたいで、顔を両手で覆って隠してしまった。

「夫婦茶碗買う？」

私がニヤニヤしながらそう言うと、葵さんは小さく「買う」って呟いた。

ワイルドなのに可愛すぎるよ葵さん。

キュン死する。

「クソ、家帰ったらネットで注文しまくってやる」

「エロ下着は要らないからね」

「それはそうだろ」

「え？　葵さんなら買うかと……」

葵さんはジト目で私を見た。

「今揃えたいのはそういうんじゃない。家にあるのがエロ下着だけだとそのまま会社行かせらんねえだろ？　気が気じゃねぇ」

「ヤバイ。キュンとした」

「勿論エロ下着は無くても裸エプロンの準備はバッチリだぞ」

「葵さんの頭が呪われた。そして私のキュンを返せ」

私は思わず呟いた。

「想兄の祟りだ」

「俺も裸エプロンは夢だ！　ってか男なら一度は体験したいだろ！」

「なら、自分で着ろ」

「その体験じゃなくて、彼女に裸エプロン着てもらってそのままヤラシイ事をするって体験に決まってるだろ！」

「力説されても……」

「命は似合う。メイド服もたぶん似合う。出来ればスカートはロング丈のメイド服ならなおたぎる！

ミニスカでガーターベルトも捨てがたいが……」

「完璧に呪われてるから」

葵さんの呪いを解く呪文を誰か教えてくれないだろうか？

今回の仕事は鈴木君の勤める百貨店の仕事。

「俺がミコさんの会社を推薦したんだからな！　感謝しろよ」

「鈴木君格好いい！　綺麗、美人、可愛いー!!」

「馬鹿にすんな！　コノヤロー！」

うん。鈴木君可愛い！

ってわけで、今回葵さんが私の仕事場に来ている。

勿論、【gunjo】の河上葵としての見学だ。

鈴木君の勤める百貨店と【gunjo】のコラボが正式に動き出す事になって、我が社が請け負った
ジュエリー部門の新作広告のこの場を借りて、顔合わせが行われることになったらしい。

「まさか命と仕事場で会う事になるとは……」

葵さんは何故だか緊張気味だ。

「嬉しくないの？　私は嬉しいのに」

「止めろ。キュン死する」

葵さんも可愛くて辛い。

そんな時、ものすごい量のシャッター音が響いた。

見ればカメラマンの仙川君が泣きながらカメラのシャッターを押していた。

「仙川君？」

「ミコ様も彼氏の前ではそんな可愛い顔するんすね！　はじめて見たっす！　家宝にするっす！」

「仙川君、今すぐデータ消そうか？」

「無理っす！　いくらミコ様でも無理っす」

私はゆっくりと笑顔を作った。

「仙川君、私の言う事が聞けないのかしら？」

「……いくらミコ様でも無理っす～！」

仙川君が逃げて行くと私は盛大な舌打ちをかました。

「命、彼は？」

「カメラマンの仙川君」

「仲良さそうだな？」

「仲良いよ。可愛い弟って感じ」

「彼は命の事好きなんじゃないのか？」

「好きって言うか……崇拝？」

「……それはどうなんだ？」

笑って誤魔化したのは言うまでもない。


漸く捕まえた仙川君と私と鈴木君で、今回の仕事の打ち合わせをしていると、大夢が今回のイメージモデルさんと一緒にスタジオ入りして来た。

挨拶をするモデルさんは、次の瞬間、ハッとした顔を見せたかと思うと、走って私達のもとにやって……来るのかと思ったら通りすぎた。その先には葵さんが、スタッフ用のテーブルで寛いで、パンフレットか何かを眺めていた。

モデルさんはおもむろに、その葵さんの背後に回り込んで背中に抱きついた。

「葵！」

「はぁ？　……心優（みゆう）？」

振り返った葵さんも驚きの声を上げる。

明らかに親しそうな二人に唖然とする。

「もう！　いつの間にか引っ越しちゃって寂しかったんだから！」

「……いや、別れた女に新しい住所教えないだろ、普通」

「私は気にしないし、別れたくて別れたんじゃないし！　ねぇ、今どこに住んでるの？」

あからさまに動揺して、葵さんは私の顔を見た。

本当にろくな女と付き合っていない。

私の感想はそれだけだった。

そこに大夢が近寄ってきて、私に聞こえよがしに、言い合う二人に向かって声をかけた。

「また、よりを戻せば良いですよ」

私は大夢に笑顔を向けると言った。

「別に葵さんと別れたとしても大夢とよりは戻さないよ」

「どうかな？」

「うん。無理」

葵さんが真っ青な顔でこちらに近寄ってくる。モデルの彼女も、それを追ってついてきた。

「別れないからな！」

葵さんの一言にキュンとしているなんて葵さんは知らないだろう。

「何だ今、彼女居るの。でも続かないでしょ？」

モデルの彼女は鼻白んだようにそう言う。

綺麗な人なんだけどな〜っと思いながら私は笑顔で受け流し営業スマイルを作った。

「私は葵と三年付き合っていたの。貴方は？」

「三ヶ月ぐらい……ですかね？」

「へー、じゃあ全然じゃない！　葵って冷たいとこあるけど、基本優しいじゃない？」

冷たいとこあるけど基本優しい？　それはどんな状況だ？

っていうか……冷たいとこ？　あるか？

「私が作った料理作り直したりとか酷い事平然とするのよ！　知ってた？」

ああ、あの話の人か。

「葵って気難しい人だから好みとかこだわりがハッキリしてて、私もムキになっちゃったけど。でも、私ほど葵と一緒にいられる女は他に居ないと思うのよ！　解る？」

私が解るのは、彼女の言葉に葵さんが真っ青な顔をしているって事ぐらいだろうか？

「ねぇ、私に葵を返してくれない？」

ああ、円滑に仕事がしたかった。

私は深いため息をついた。

「返すもなにも葵さんは物じゃ無いんだけど」

彼女は不敵に笑って言った。

「そりゃそうよ！　それに私の方が葵の事よく解ってるしね！　貴女、葵が嫌がる事知ってる？」

「はあ」

「多少は知ってても細かいところまでは解ってないでしょ？　葵って自分の家に彼女の物が増えるのが嫌なのよ！　化粧品を置き忘れて帰ったら、新品でも平然と捨てるような男なのよ」

私は思わず葵さんの方を見た。

葵さんの顔は少しひきつりながらも赤みが差しはじめていた。

テレてる、可愛い。

「ペアのグラスとかマグカップですら嫌がるのよ！　パジャマすら置かせてくれないの！　貴女はたえられる？」

葵さんが赤い顔で頭を抱えている。

ヤバイ、私までテレる。

「心優、止めろ！」

「別に先輩としてのアドバイスじゃない……葵ったら顔赤いわよ。私が今でもこんなに葵を理解してるって解って、テレてるの？」

「黙ってろ」

そう言ってから、葵さんは私の方を見ると口をパクパクさせた。

たぶん、何て言ったら良いのか解らないのだろう。仕方ないから、私から言ってあげた。

「葵さんが私を大好きなのが凄く解った」

「命……」

私はヘニャッと笑ってしまった。

「ヤバイ、顔がにやける」

横で仙川君がシャッター音をさせているのに、ニヤニヤが止まらない。

葵さんは彼女に振り返り、意を決したように口を開いた。

「……心優、彼女は俺の彼女じゃない。婚約者だ！」

「へ？」

「だから、お前とよりを戻す気は更々ない。命に変な事を吹き込むな！」

葵さんは困ったような顔で彼女を見ていた。

「ちょっと待ってよ……葵が結婚？　……そんなの無理に決まってるよ！　葵って自分じゃ気がついてないみたいだけど理想が高すぎるじゃない！　その点、私は前と違って料理だって上手くなったんだよ」

葵さんはニッと笑うと言った。

「なら、俺より良い男がすぐに見つかるな」

彼女は暫く黙った後、私の目の前に立つと私を睨み付けて言った。

「どんな手を使って葵の事たらしこんだのよ！」

「……料理を美味しく食べました」

「はぁ？」

彼女の眉間にシワが寄った。

美人にメンチ切られると迫力が半端ない。

「葵さんが作った料理を美味しく食べました。私は料理出来ないから、葵さんが美味しい物を沢山作ってくれるの」

「それ、女としてどうなの？」

「う〜ん……ダメなんだろうけど、葵さんはこんな私を好きになってくれたから」

彼女は葵さんの方を振り返ると言った。

「こんな人より私の方が良い女でしょ？　スタイルだって顔だって私の方が良いでしょ？」

葵さんは私をチラッと見ると言った。

「俺は命の方が良い。何から何まで命が良い」

私は思わず赤面してしまった。

「可愛いっす！　ミコ様が可愛くてヤバイっす！」

仙川君の叫びに私はさらに赤面して、顔を隠してうずくまった。

ヤバイ、恥ずかしい。

「な、可愛いだろ？」

「のろけられた！　葵のバカ！　やっぱり私の方が良いって言っても知らないから！」

「大丈夫だ。言わないから」

「バカ！　チ◯コもげろ！」

彼女は過激にそう捨てゼリフを吐くとメイク室に入っていった。

私は居たたまれなかった。

耳まで赤い自信がある。だって熱いもん。

「命、大丈夫か？」

「誰のせいだと思ってんの？」

「……俺か？」

葵さんは私の頭をワシワシ撫でた。

何だか葵さんの機嫌が良いのが伝わってくる。

その日の仕事場のスタッフに何だか生暖かい眼差しで見つめられたのは全部葵さんのせいですから！

◆◆◆

定番の週末。

これまた定番の葵さんのお家にお泊まり。

「海に行きたい」

葵さんの一言に私は暫く葵さんの顔を見つめてから言った。

「下心が見え透いてんだけど？」

「下心は無い！」

「じゃあ、私はウエットスーツで良いよね」

「……嘘つきました……ごめんなさい」

葵さんはシュンとしてしまった。

「日焼けしたくないし、人込みが嫌」

「命の水着姿が見たい！」

最初からそう言えば良いのに。

「エッチ」

「……鼻血でそう」

「何で！」

葵さんは困ったように笑うと言った。

「何だろな？　解んないけどグッときた」

何でだ？　私は良くわからなくて首をかしげた。

「命……」

葵さんはゆっくり私にキスを落とした。

「悪い、我慢の限界」

葵さんは私を抱き上げた。

お姫様抱っこでベッドに運ばれた。

この後を想像出来ないほど私も子供じゃない。

「明日水着買いに行くから手加減してね」

「……三角の極小ビキニ」

「それを着て海に行ったら、そこには葵さん以外にも人が居るって解ってる？」

「……前案却下……ちょっと検討するから今日は手加減無し」

「へ？　ちょっ……うっぁ」

まあ、そうなるよ。


次の週末。

「どうする？」

「何が？」

「海」

「ああ……海には行く。だけど、命は俺のだから水着は……検討中」

「そっか」

葵さんはどうやら私を一人占めしたいらしい。

私は何だか嬉しくてニマニマしてしまった。

葵さんはチラチラ私の方を見ては悩んでいるようだった。

そんな葵さんも可愛いと思ってしまうのだから重症だ。

「葵さん」

「ん？」

「大好き」

「……俺も……好きすぎて心臓止まりそう」

「それは駄目」

「命と夏の海の岩場でヤラシイ事するまで死なない」

「うっかり死ねば良いって思っちゃったじゃん」

葵さんはニッと笑っただけだった。


お風呂から出ると葵さんが日本酒を用意して待っていた。

「飲むか？」

葵さんは私の方を見ないでそう言った。

「飲む前にこっち見て」

「ん？　……！」

私は黒い極小ビキニ姿を披露した。

「な、おま……」

「千恵子さんがくれた。ちなみに海に行ったらこっちを着ようと思ってます」

私は深緑色のボタニカル柄のパレオのついた白い水着を見せた。

まあ、葵さんは聞こえてなさそうだったけど。

葵さんはゆっくり私に近寄るとガッと胸を掴んだ。

とっさにぶん殴ったのは仕方ないよね。

「何でだよ！」

「普通の反応でしょ」

「普通はこのまま甘い雰囲気になるだろ！」

「なるわけあるか！　冷静になれ！」

葵さんは暫く私を見つめると言った。

「抱かせてください！」

「直球投げてきた〜」

「これは駄目だ海になんか連れて行けない！　他の男になんて見せられん！　命、マジ天使！　エロすぎる。我慢出来ん！」

葵さんがヤバイ。

目がヤバイ。

私はお風呂の脱衣所に逃げ込もうとした。

まあ、捕まって担がれてベッドに運ばれたのは自分のミスだ。

葵さんは幸せそうだったから、まあ、良いか？


「また、これ着てく……」

「二度と着ない」

私はベッドに横たわったまま、ゼエゼエと荒い呼吸でそう答えた。

「……」

「葵さんの興奮具合が怖すぎるからこのビキニは捨てる」

「もう少し落ち着くから……」

「無理に決まってるじゃん。それが出来たら私、動けなくなってない」

ベッドの脇に葵さんを正座させて私は葵さんに背中を向けた。

「いや、想像以上に似合って居たからで……」

「似合ってるって言われるのは嬉しいけど」

「エロすぎて……たぎった！」

「うん。もう着ない」

「何でだ！」

こうして、私達の夏は不健全に過ぎていった。

命の有給とエロビキニ

その日、命が会社を休んだ。

部長の話では有給らしい。

命は僕と別れる理由になるほど仕事が好きだ。ちょっとやそっとの事で休暇を取ったりしない。

その時は、きっと体調が悪くて、有給使って休んだんだと、そう思ったんだ。


命が居ないと仕事が大変だ。

使えない部下二人の尻拭いにイライラがつのる。

そんな時だった。

命あての電話がかかって来た。

相手は仙川カメラマンで、前回の仕事の写真の話をしたいらしい。

「すみません仙川さん。岩渕は今日、お休みをいただいてまして」

『ああ、海に行くの今日だったんすか！　何だ、この前言ってた三角ビキニの話もしようと思ったのに間に合わなかったっすね。千恵子さんにもらってたエロいビキニよりミコ様に似合いそうなの見付けたのに残念っす！　仕事の話はまた来週電話するっす。では、また〜』

仙川カメラマンが一方的に電話を切った。

僕は暫くボーッとしてしまった。

仕事が一番大事な命が海？

仕事休んで海？

そんな事あるわけがない。

あるとしても、あの河上とかいう命の彼が無理矢理連れて行ったに決まってる。

しかもエロいビキニって……。


昼休み、命の友達の実里ちゃんがカレーうどんをすすってる向かいに座った。

「メシが不味くなるんだけど」

「そう言わないでよ。そんな事より、命、海行ってるんだって？」

「そうよ。ワイルドさんとイチャイチャしに行ってる」

実里ちゃんは口元だけに笑顔を張り付けてそう言った。

「命の気持ちも考えないで？　仕事大好きな命を何だと思ってるんだか」

「はぁ？　何言ってんの？　何日も前から何着てくか？　とか水着どうするか？　とか初デートみたいにワクワクしていたあの子が無理矢理連れていかれたとでも思ってんの？　ダサッ」

彼女は何時も口が悪いが、今日はとくに悪い。

「大夢君さ、あの子が大夢君に未練があったなんて思ってないよね？」

「え？」

実里ちゃんはかなり引いた顔の後に言った。

「ダサッ、サブッ、ウザッ、マジ引く。ちなみに命と別れる時仕事を理由にされたでしょ？」

「命から聞いたの？」

「そう……大夢君は命の地雷原を踏み荒らしたの解ってる？」

「地雷？」

実里ちゃんは盛大にため息をついた。

「命が言われたら冷める言葉を大夢君は盛大に盛り込んでプロポーズしてフラれたの解って無いんだ！　あのさ大夢君、命とワイルドさんの邪魔すんの止めてくんない？　大夢君の割り込む隙間なんて一ミリもないんだからさ」

命が言われたら冷める言葉？

「冷める言葉って？」

「普通の女なら喜ぶ言葉だから、知らなくても害がないし、教える必要ないでしょ？　命は諦めな」

実里ちゃんは僕の方にカレーうどんの汁を飛ばしながらカレーうどんをすすった。

「でも、僕は命が良い」

「ウザッ、命はあんたと何で一緒に居たと思ってるの？」

命が僕と一緒に居た理由？

「あんたたちの間には仕事があったから！　あんたとの時間は、命にとっては大好きな仕事の延長の時間だったの。だから気がついた……プロポーズされて大夢君を好きじゃなかったたってね」

実里ちゃんの言葉にあの日の命の顔を思い出した。

どう話したら良いか解らないといった、困ったような焦ったような顔。

あれが好きじゃないって気がついた瞬間だったのだろうか？　辻褄が合ってしまった。

実里ちゃんは僕に構わずカレーうどんを汁まで飲み干すと言った。

「あの二人の邪魔したら本気で殺すから」

「慰めてくれるんじゃないんだ？」

「死にたいなら手伝ってやるよ」

実里ちゃんの笑顔は凍りつきそうなものだった。

ああ、命は僕のもとには帰ってこないんだな〜って実感してしまったが、だからって諦められるなら今頃新しい彼女が居る。

「聞いてんの？」

「……まあ、おいおいね」

「ウザッ！　死ね」

実里ちゃんはそう言うと席を立ち、去っていった。

実里ちゃんの言う通りなのかもしれない。

それでも付き合っている頃の命の嬉しそうな笑顔を思い出すだけで諦められなくなっちゃうんだ。

あ〜あ、早くあの二人別れないかな？

僕はそんな事を思いながら実里ちゃんと同じカレーうどんをすするのだった。

第九章　婚約指輪

海から帰ってきて最初の仕事は鈴木君の百貨店との打ち合わせだった。

「定番の温泉まんじゅうで悪いな」

「お土産！　ありがとうございます……ミコさんと海でしたっけ？」

「ああ」

せっかくだからお土産を持っていったのだが、鈴木君は少し嫌そうな顔だ。

「ミコさんと一緒で疲れませんか？」

「？　いや……何で？」

「俺、ミコさん苦手なんで……すみません。河上さんの彼女なのに……」

「……逆に聞くけど、実里ちゃんといて疲れないか？」

「いや、癒されます」

「一緒だよ。他の男になんて解んなくていいんだ。俺が一緒にいて癒されるんだからそれが全てだろ？」

鈴木君は驚いた顔の後、項垂れた。

「ああ～河上さん本当格好良いな～」

「そうか？　鈴木君だって実里ちゃんに対しての気持ち話すときは格好良いぞ」

「……俺、女だったらマジで河上さんに惚れてます。ミコさんもそんなとこを好きになったのかな～」

「違うな。アイツは俺の料理の腕に惚れたに違いない」

「……何でミコさんなんすか？」

俺はニカッと笑ってから言った。

「惚れちまったんだから、仕方ねえだろ？」

「……ミコさんは幸せ者ですね」

「実里ちゃんもな」

「ヤベーマジかっけー」

俺は笑ってしまったが仕方ないと思う。

ひたすら感動する鈴木君に、俺はバッグから小さなケースを取り出して渡した。

「あと、これ、マリッジリング」

受け取ったリングケースを慌てて開ける鈴木君。

「え！　うわ！　かっけー」

リクエストのあった『月桂樹』モチーフの結婚指輪は気に入ってもらえたようだ。

俺はケースに並んで収められたもう一つのリングを指さした。

「で、エンゲージリングは細身のピンクゴールドのシンプルデザインのをとりあえず作ったけど、どうかな？」

鈴木君は目をキラキラさせて指輪を見つめていたが、やがて不安そうな面持ちになった。

「……高そう……」

鈴木君は不安げに俺の顔を見た。

捨て犬みたいな瞳だ。

「材料費だけで良いよ……って言っても五〇はするけど」

「五〇万で良いんすか？」

「友達価格」

「ありがとうございます！　……ヤベー友達って言われてマジ嬉しい」

鈴木君っていちいち可愛いな。

俺は思わず鈴木君の頭に手を乗せてポンポンしていた。

「河上さん、トキメいちゃうっす」

「実里ちゃんは鈴木君のそういうとこが好きなんだろうな」

「え！　どんなとこっすか？」

あ、いや、可愛いって言ったら鈴木君は嫌だろう。

「そういうとこだよ」

俺は笑って誤魔化してみた。

他人の指輪を作ってる暇があったら一秒でも早く命の指輪を作れよって感じだろう？

俺だって命に早く指輪を持ってプロポーズしたい。

でも、しっくり来るデザインが思い浮かばないのだから仕方ない。

「葵さん？」

「ん？」

「私の話、退屈だった？」

命と一緒に居るのにボーッとしてしまった。

この週末も二人で過ごそうと、命が泊まりに来ている。

「悪い、考え事してた」

「仕事忙しいなら帰るよ」

「いや、大丈夫だ」

「上の空なのに？」

「大丈夫」

命は不満そうな顔をしている。

でも、マリッジリングとエンゲージリングのデザインで悩んでるなんて命に言ったら格好悪いし、
何だか色々台無しだろ？

「やっぱ、帰るよ」

「いやいや帰るなよ」

「一人で考える時間も大事でしょ？　今日は帰る」

命はニコッと笑ったがどう見ても何時もとは違って固い笑顔だった。

ああ、俺ってやっぱりダメだな。

「悩み事なんかより命と一緒に居る時間の方が大事だ。だから帰るなよ」

命は暫く俺を見つめると言った。

「私、邪魔じゃない？」

「はぁ？　邪魔なわけないだろ？」

命はゆっくり俺から視線をそらした。

「……でも、私……何も出来ないし……」

「はぁ？」

「私、葵さんに色々してもらうだけで何も返せてないし……」

「あのさ」

「面倒でしょ？」

命の声はどんどん小さくなっていった。

俺は命を引き寄せて抱き締めた
「ごめんな。俺が全部悪い。命にはまだちゃんと言葉に出来ないけど、これだけは言える」

「？」

「俺は命が居ないとダメだ。一分一秒でも長く命と一緒にいたい。だから俺が悪いなら謝るし俺が謝って命の機嫌が直るなら俺が悪くなくても謝るぞ」

「……」

「今のは俺が全面的に悪かった。ごめんな」

命は何だか目を潤ませて首を横に振った。

ベッドにかついで行っても良いだろうか？

「あ、あのね……私、昔から別れ話が近い時に大抵こんな空気になってて……だから、葵さんも……私が面倒になっ……なっちゃったかと思って……」

命の瞳から涙が溢れた。

俺は命を強く抱き締めると言った。

「俺は命の手を離したりしない」

「元彼の時は……ああ、終わりだなって思ったけど……葵さんは嫌だ……ずっと一緒に居たい」

命も俺に強くしがみついた。

俺の彼女は、何て可愛い生き物なんだ。

もう不安になんてさせたくない。

命が愛しくて仕方ない。

「愛してる。命だけを愛してる」

命は俺を見上げてニコッと笑った。

涙がポロポロこぼれ落ちているがさっきとは違い可愛い笑顔だった。

「命、ベッド行こう」

「……良いよ」

！　……鼻血出そう。

俺は急いで命を抱き上げて寝室に運んだ。

ベッドに命を下ろしキスを繰り返す。

命の服に手をかけたその時、命のお腹が間抜けな音を出した。

「……」

「ご、ごめんなさい……」

珍しく顔を真っ赤にして命が呟いた。

ああ、可愛い。

「飯にしよ、今日は手巻き寿司につみれ汁だ」

「本当にごめんなさい」

「手巻き寿司好きか？」

「……好き」

「なら飯が先だ。その後は一緒に風呂入ってベッドでイチャイチャしまくる。ＯＫ？」

「……お風呂は一人で入りたい」

命は耳まで真っ赤になりながら俺の胸にしがみついた。

俺はそんな命の耳に軽くキスをした。

「ダメ〜、お風呂で命を丸洗いするのも俺の癒しだからな」

「……今、のぼせそうなんだけど」

「今のぼせたら俺に良いようにされちゃうな」

「……」

その時返事を返したのは命のお腹の音だった。

キュルキュルキュルルルルルルルルルルル。

可愛い音が寝室に響いた。

「ヒィ！　ごめんなさい！」

「俺、命の腹の音可愛くて好きかも」

「か、可愛くないから！」

「可愛いだろ？　キュルキュル言って」

「可愛くないよ〜」

「可愛い可愛い」

俺は命の唇に数回キスを落としてキッチンに向かった。

肉も巻けるように焼くかな？　体力つけさせないと。

今日は寝かしてやらん。

俺はキッチンでニヤニヤしながら冷蔵庫の扉を開けるのだった。

葵さんと知り合ってから私の周りは色々な変化があった。

葵さんとお見合いして元彼が帰国し、コンちゃんが帰ってきて葵さんを家族に紹介して実里と鈴木君に葵さんを紹介して……。

そして実里が鈴木君にプロポーズされた。

「何時もみたいにご飯作って出したら、ダーリンが指輪をね、出してきて、結婚しようってさ……命」

ある日の昼休み、いつものように実里と食堂に行って、席に着いたとたん報告を受けた。

「おめでとう！　今度会ったら、鈴木君一発殴って良い？」

「何でだよ」

「実里を幸せにしなかったらドラム缶に詰めて海に捨てるからなって脅しとこうかと思って」

実里は幸せそうに笑うと指輪を見せてくれた。

ピンクゴールドだと思う細身の指輪は実里に良く似合っていた。

「鈴木君やっぱり百貨店の営業マン、センス良いね！」

「これ、葵さんが作ってくれたんだって」

私は驚いてその指輪をまじまじと見つめた。

「私さ、思わずプロポーズされた余韻も忘れて、あの人何やってんだ！　って叫んだよ」

「それはコメントを控えさせていただきます」

実里はニヤニヤしてから言った。

「葵さん、命に似合う指輪でかなり悩んでるんだって。ペアリングの原画が凄い量あって、ダーリンはその中からお願いして作ってもらったって言ってたよ。ついでに命は葵さんに死ぬほど愛されてるんだってダーリンが言ってたよ」

私は顔が赤くなるのを感じて両手で顔を覆った。

「そういうの言っちゃ駄目なやつ！」

「うちのダーリンが葵さん格好良い格好良いって煩いから脇腹に蹴り入れたんだ」

私は暫く黙ると言った。

「鈴木君に優しくしてあげてよ」

「大丈夫、ダーリン丈夫だから」

「駄目だよ。ＤＶで訴えられちゃうよ」

「愛があるから大丈夫」

「……手加減するんだよ」

「了解」

私たちはぶり大根定食をつつきながらそんな話をしていた。

まあ、実里とは部署が違うからお昼か仕事終わりじゃないとゆっくり話なんて出来やしないのだ。

「実里も鈴木君と結婚か〜」

「命もすぐだ」

「私の方が先にプロポーズされると思ってたけど……鈴木君もやっぱり実里が惚れるだけあって、男だね」

「だろ！　あんな可愛い顔してても男なんだよ」

「ご馳走さま」

「なら、そのぶりくれ」

「そのご馳走さまじゃないから！」

私たちはそんな話をしながら笑い合った。


葵さんとの週末お家デートの日。

何時ものようにディナーは葵さんお手製。

今夜はヒレカツの載ったカツ丼と鯛のすまし汁を作ってくれている。

「もう少しで出来るからな」

「葵さん！」

「う？　どうした？」

「鈴木君プロポーズしたって」

「……そっか……」

葵さんは私の言葉に苦笑いを浮かべた。

葵さんがカツ丼とすまし汁をよそってくれたのをテーブルに運んでイスに座ると葵さんが日本酒を小さいグラスに注いでくれた。

「今、日本酒のスパークリングがあるんだな」

「美味しいよね」

これは、話をはぐらかされているのだろうか？

二人でいただきますをしてからご飯を食べ始めた。

葵さんの作るご飯は本当に美味しくて無言で食べていると葵さんがゆっくりと言った。

「俺もプロポーズしたい……それで、命と一緒に暮らしたい」

「あの」

「死ぬまで命が側に居てくれたら良いのにって思ってる」

葵さんはコップに入ったスパークリングの日本酒を飲み干した。

「……うん。待ってる」

「悪い」

「悪くない」

「悪いだろ？」

葵さんがシュンとしてしまう。

「大丈夫。葵さんのタイミングで良いよ」

「……一緒に住まないか？」

「へ？」

「とりあえず同棲しないか？」

「……」

「毎回命を命の家に送るのしんどい。命が側から居なくなる感じがスゲー嫌だ」

葵さんは真剣に私を見つめて言った。

「一緒に暮らさないか？」

私は驚いた。葵さんが望んでいた事とは違う事を言い出したからだ。

「葵さん、嫌」

「え！」

「だって、寂しいのは一緒だよ！　それを埋めるために一緒に暮らしたら結婚しなくて良いや〜ってなるよ！　私は葵さんと一緒に居たいけど結婚もしたいんです〜」

葵さんはビックリ顔で暫くフリーズすると言った。

「俺、今ものスゲーときめいたんだけど」

「本当？　やった〜」

「俺も、命と結婚したい」

「私までときめいちゃうから」

私達はお互いにクスクス笑ってしまったのだった。

第十章　プロポーズ

「で、出来た～」

季節は夏が突然秋を追い越して冬になったような寒い日。

その日、漸く命に渡すための指輪が完成した。

米の稲穂が巻き付いたようなデザインで、ダイヤのシンプルな指輪を下にして二連で付けて、稲穂に朝露がついているように見えるようにした。

命は喜んでくれるだろうか？

突然不安がよぎる。

命に同棲話を断られた時、心臓が止まるかと思うぐらいショックだった。

同棲したいんじゃなくて結婚したいんだって言われて、どれだけ安心してどれだけ焦ったかなんて命は知らないだろう。

指輪の内側にブルーダイヤがはまり、俺と命の名前が入っている。

自分用の米の稲穂は太めに作り、やはりお互いの名前が内側に入っている。

ブルーダイヤは『幸せ』って意味がある。

指輪の内側に入れる事で『相手の幸せを願う』って意味になる。

命に幸せになってほしい。

いや、命を幸せにするのは俺だって気持ちで作った指輪だ。

俺はカレンダーを見つめた。

記念日は女性には大事なんだろ？

命の誕生日は一月で俺の誕生日は三月で一番近いのは十二月。

く、クリスマス……イヴとか、ベタすぎじゃないか？

今すぐにでも指輪を渡してプロポーズしたい。

けど、命には最高のプロポーズをしたい。

とりあえずネットで『プロポーズ時期ランキング』を検索。

やはり、ランキングの上位にクリスマスって言葉が出てきた。

クリスマス……。

俺は暫く悩むと、命の兄である魂さんに電話をかけた。

『モシモシ、葵君？　どうした？』

「あの、命にプロポーズしたいと思ってまして、俺はすぐにでもプロポーズしたいんですが、記念日って女性は大事ですよね？」

『……葵君、会おうか』

「へ?」

『家、解るよね! 今すぐ家においで』

魂さんはそれだけ言って電話を切ってしまった。

俺は指輪を持って魂さんの家に急いだ。


魂さんの家に着くと、魂さんの奥さんが出迎えてくれた。

「いらっしゃい」

「何だか、すみません」

「何で? 相談してくれてコンさん嬉しそうだったのよ」

そう言ってもらえると気持ちが楽になる。

俺は、魂さんの奥さんに連れられてリビングに向かった。

「葵君、いらっしゃい」

「魂さん、すみません突然」

「良いんだよ。座って! で、プロポーズする時期だっけ?」

「はい」

珈琲を淹れて持ってきてくれた奥さんも魂さんの横に座った。

「記念日って女性は大事ですよね? だからこそ、クリスマス……イヴにプロポーズした方が良いのか? って悩んでまして……」

俺の言葉に奥さんは、きゃーっと叫んだ。

「コンさん、聞いた！　こんな良い男がミコちゃんの彼氏なんて素敵！」

「えっ？　今、僕ディスられてる？」

「フフフ」

「ディスってるんだね……葵君、気にした方が良いらしいよ……一般的には」

「一般的には？」

魂さんは苦笑いを浮かべた。

「ミコはあまり気にしないと思うよ」

「へ？」

拍子抜けする言葉に奥さんが苦笑いを浮かべた。

「あのね。コンさんが悪いのよ。コンさんが私にプロポーズしてくれたのが何の変哲もない二月の二十五日だったの」

な、何故その日に？

「二月なら、節分もバレンタインデーもぞろ目のニャンニャンニャンの日もあるのに二十五日！

三月三日でひな祭りでも良くない？」

「あれはアリスに煽られたからでしょ！　早く早くって言うからだし、二十五日が給料日だから忘れないと思ったんだもん」

こ、魂さん……駄目だと思う。

「しかもコンさん、ミコちゃんに何もない日にプロポーズした方が、何でもない日が記念日になって素敵だろ？　って言い訳して！　ミコちゃんはコンさん大好きだから納得しちゃって！　酷くない⁉」

……えっ？

じゃあ、何でもない日にプロポーズした方が良いのか？

「ミコはいつでも喜ぶと思うよ。それに、結婚記念日は二人で決めれば良いんだしね」

「あっ！」

言われてみればプロポーズしてその日のうちに入籍するわけじゃない。

なら、プロポーズは何時でも良いのか？

何だか今すぐ命に会いたい。

命にプロポーズしたい。

命を抱き締めたい。

「吹っ切れた？」

「……はい」

俺は苦笑いをして言った。

ニコニコ笑って居る魂さんは大人の余裕が見えて憧れる。

「今すぐ命に会いに行ってきます」

「頑張りなよ。僕の新しい弟君」

「断られたら慰めてくれますか？」

「断らないと思うけど」

「同棲したいって言ったら断られたので怯えてます」

「……葵君、頑張れっ！」

「はい！　うんって言ってもらえるまで頑張ります」

「良いね」

俺は魂さん夫婦に頭を下げると、車に急いだ。

思い立ったが吉日、善は急げってやつだ。

車に乗ってエンジンをかけるとすぐに命にメールした。

『会いたい』

帰ってきた返信に俺はエンジンを止めた。

『ごめん。さっき急ぎの仕事が入って、二時間後の便でイギリスに行く事が決まっちゃって空港に向かってる。十二月二十三日まで日本に帰れません！　メール打とうと思ったところでメール来たからビックリしちゃったよ！　クリスマスイヴに会いたいんだけど予定空けといてほしいです！行ってきます～！』

俺は車から降りるとコンさんの家の呼び鈴を鳴らした。

「どうした？　忘れ物？」

俺は無言でメールを魂さんに見せた。

魂さんはメールを見ると、盛大に吹き出し、お腹を抱えて笑いだした。

「笑いすぎです」

「ぶふふふ、ごめんね。今日は泊まっていきなよ。良い酒出してあげるから一緒に飲もう。慰めてあげるよ」

「……俺も魂さんみたいな落ち着いた良い男に生まれたかった」

「僕も葵君みたいなプチマッチョに生まれたかったよ」

「プチマッチョぐらいならすぐになれますよ」

魂さんはニコッと笑った。

そんな笑顔すら格好いいのが羨ましい。

「どんなトレーニングしてるのかデータとらせてもらっていい？」

「……魂さんのためになるなら」

「流石、僕の未来の弟！」

乗せられたのは解ったがこのやるせない気持ちを一人で消化出来る気がしなかった。

俺は魂さんと酒盛りをしながら、魂さんにクリスマスイヴにプロポーズすると宣言したのだった。

クリスマスイヴ。

葵さんにお土産を持って会いに行く。

仕事で海外に行くなんて最近はそうそう無かったからか、楽しんできてしまった。

部長が長期設定してくれたからってのもある。

お土産はワインとチーズ。

葵さんは喜んでくれるかな〜。

葵さんの家の呼び鈴を鳴らすと直ぐにドアが開き、葵さんが顔を出した。

「ただいま」

「寂しくて死ぬかと思っちまったじゃねぇかよ！」

ヤバイ、キュン死する。

「うさぎは寂しいと死ぬんだぞ」

「……葵さんはうさぎじゃないし、うさぎは皆が言うほど寂しくても死なないらしいよ！　ほら、学校のうさぎが逃げ出して一羽で野生化したりするじゃん」

「……」

「ああ、葵さんが可愛くてキュン死する」

私の言葉に葵さんは不満そうな顔をすると私を抱き締めた。

「こんなに好きになった女、命しか居ないんだからしかたねぇだろ」

耳元で囁かれて背中がゾワゾワした。

「おかえり。今日は家に帰してやんねぇからな」

「幸せすぎて死ぬ」

「……ベッドの上でも言わす」

「……手加減してね」

「無理」

玄関先で何やってるんだ私達は……。

私は葵さんの背中を押して玄関を上がりリビングに向かいながら言った。

「お腹すいちゃった」

「……お前本当にぶれないな……本日はクリスマスディナーになっております」

「葵さん、愛してる〜」

「そうだろそうだろ、じゃあこのまま結婚しような」

葵さんはそう言うと私の左手の薬指に大きなダイヤがついた細身の指輪をはめた。

私が驚いて葵さんを見ると、少し困ったような顔をしていた。

「命が帰ってくるのは俺のところであってほしい……駄目か？」

左手の薬指にはまった指輪に思わず感動して涙が溢れた。

「キュン死〜葵さんが好きすぎて辛い〜」

私は葵さんにしがみついた。

葵さんはゆっくり私の頭を撫でてくれた。

「このままベッドに行って良いか？」

「……うん」

「……連れていきたいのはやまやまだけど、これは腹が鳴るパターンのやつだよな……」

葵さんは私に触れるだけのキスをすると言った。

「命に食べてほしくて作った料理を旨そうに食ってもらった後に、一緒に風呂入って命を俺が美味しくいただくって方が良いか？」

「手加減してね」

「無理、何日我慢したと思ってんだ！　何回魂さん家に飲みに行ったか知らねぇだろ？」

「こ、コンちゃん？」

「あの人何なの？　大人すぎてマジ格好良いんだけど」

「そう？　昔は格好良くて大好きだったけど、今は葵さんの方が一緒にいて楽しくて大好きだよ」

葵さんは私の顔をゆっくりと見ると言った。

「そう言えばちゃんと返事してねぇぞ。俺と結婚してくれるのか？」

「私を葵さんの奥さんにして下さい」

葵さんは真剣に目を見つめてそう言ってくれた。

「……喜んで」

私の返事に葵さんはニカッと笑う。

よくよく見ればリビングにはチキンの丸焼きと可愛い見た目のオードブルが並んでいた。

「ビーフシチューは熱々でお持ちします」

「ワインとチーズお土産に買ってきたよ」

「クリスマスにピッタリだな」

葵さんは幸せそうに笑った。

ああ、ずっと男運が無いって思っていたけどこの人と……葵さんと会うために必要な事だったのなら仕方がなかったのかもしれない。

だって幸せは平等で、不幸せと比例してるって誰かから聞いた。

あの時は、この男運の無さが改善されるとは思えなかったけど……。

「幸せすぎて怖い」

「はあ？」

「幸せって平等なんだって、今幸せすぎたら後は不幸せ街道まっしぐらでしょ」

葵さんは私の言葉にへにゃっと笑った。

「不幸せなんかに俺がすると思ってんのか？　命が俺の側に居てくれるなら、不平等だったって解るぐらい幸せにするに決まってんだろ」

葵さんはそう言うと私をソファーに押し倒し、深いキスを私に落とした。

ああ、私には幸せばかりが、不平等に降り注ぐ事が決まったらしい。

私も葵さんを不平等に幸せにします。

そう、心に決めたその瞬間私のお腹がキュルキュルと間抜けな音を出した。

「……」

「……マジでぶれないな」

「ごめん」

「いや、何か、その音聞くと幸せだって思うんだよな」

ああ、こんな恥ずかしい事を言われてるのに、幸せだ。

エピローグ

米

私、葵さんの奥さんになる事が決まりました！

葵さんがくれた婚約指輪はプラチナの細身で大きなダイヤがついてます。

「こっちが結婚指輪」

出された指輪は稲穂の巻き付いた感じのデザインの指輪。

「稲穂？」

「ああ、米」

「何で稲穂？」

「だって命、米好きだろ？」

「……うん。好き」

えっ？　食いしん坊だから稲穂？

「米は富って意味があるんだってさ。それに赤ちゃんが百日でやるお食い初めでは食うに困らないって意味で使われててさ、俺は命に食うに困らない豊かで幸せな生活をさせたいわけよ！　だから米」

「……」

何だか葵さんは色々考えてこの指輪を作ってくれたらしい。

私を幸せにしたいって気持ちが詰め込まれた指輪。

「大事にするね」

「俺も命を大事にする」

葵さんは私をギュッと抱き締めてくれた。

「色々考えてくれたんだね……葵さんって赤ちゃんの名前つけるのもかなり悩んで意味調べて納得するまでがんばっちゃうタイプだね」

「……」

葵さんは驚いた顔をした後へにゃっと笑った。

「俺赤ちゃんの名前つけるのも頑張るけど、赤ちゃん作るのも頑張るぞ」

「えっ？」

葵さんは軽々と私をお姫様抱っこすると寝室に向かって歩きだした。

「あ、葵さん」

「赤ちゃん出来るまで頑張ろうな」

「あ、あの、明日も仕事が……」

「仕事が怖くて赤ちゃんが作れるか？」

「今は葵さんが怖い！」

「大丈夫、優しくするから」

「……一回だけ？」

「はぁ？　一回だけで赤ちゃん出来んの？」

「出来る人は出来るよ」

葵さんは私の唇にキスを落とすと言った。

「俺は無理だと思う。だから、良いよな？」

「だ、ダメ～」

葵さんは本当に幸せそうに私を寝室に連れ込んだ。

私達の間に赤ちゃんが出来るまであと、少し。

END

あとがき

この度は、『幸せって平等ですか?』を手に取って下さりありがとうございます。

ｓｏｙと申します。


二児の母をやりながら、『小説家になろう』様で細々と活動していましたが、『第2回ＷＥＢ投稿小説大賞』で賞をいただきました。

変な奇声をあげて喜び、家族にドン引きされたのは良い思い出です。

普段、私の旦那様に「今考えてる話があるんだけどさ～」なんて、小説の話など一切喋ったことがないのにこの作品は滅茶苦茶話して聞かせたので思い入れが強いです。

私の頭にしか無いストーリーを文字に出来て、私以外の人に読んで頂けるだけでも嬉しい事なのですが、それが本になるなんて奇跡だと思っています。


〝ワイルド系イケメンに甘やかされたい〟

この作品のコンセプトはそれです。

ワイルド系イケメンが美人に振り回されるのも結構好きです。

女性に不自由していないイケメンはそういうのも慣れてるんじゃないかと思うのです。

勿論、私の偏見と願望です。

人間は見た目だけじゃわからないから、美人だからといって全てが上手くいくとは限らないし、ワイルド系イケメンだからといって悩みが無いとは言えません。

コンプレックスとは人それぞれですよね。

他の人からしたら大したことじゃなくても、本人には重大な事。そんなコンプレックスを帳消しにできるような出会いには、やっぱり憧れます。

本編内で、葵が不味い料理を鍋に戻して味付けし直したというエピソードがありますが、私も旦那様に「味が薄い」と言われて、それをやられたことがあります。

もともと女子力に自信の無い私は「なら、最初からお前が作れよ」と思った事は今でも旦那様には内緒にしています。

そのときは小説のネタになるなんて思ってもいなかった訳ですが、ムカついたとはいえ後々ネタとして使える事だったのだと思えば良い経験だったと思っています。

この作品のイラストを担当して下さったO嬢様の最初のラフ画を拝見した後、私のニヤニヤが止まらず、家族に気持ち悪いモノを見るような目で見られたのは仕方が無いと思うのです。

イラストを見るだけでストーリーの足りないものを全て補って下さっているのです。感謝しかありません。

この作品を読んだみなさんが幸せな気持ちになって下されば幸いです。

また、お会い出来る日を願っております。

幸せって平等ですか？

二〇一八年六月三〇日　初刷

著者……soy
発行人……平野健一
発行所……株式会社 徳間書店
〒一四一―八二〇二　東京都品川区上大崎三―一―一
目黒セントラルスクエア
電話　〇四八―四五一―五九六〇
振替……〇〇一四〇―〇―四四三九二
印刷・製本……中央精版印刷株式会社

落丁・乱丁はお取り換えいたします。
ISBN978-4-19-864649-3